"나는 남들과 다른데. 근데······ 당연한 거 아니야?"

# AURORE'S AMAZING ADVENTURES

## DOUGLAS KENNEDY

## JOANN SFAR

마음을 읽는 아이 **오로르**

**초판 1쇄 발행일** 2020년 2월 28일 | **2판 1쇄 발행일** 2025년 3월 11일

**글** 더글라스 케네디 | **그림** 조안 스파르 | **옮긴이** 조동섭 | **펴낸이** 김석원 | **펴낸곳** 도서출판 밝은세상

**출판등록** 1990. 10. 5 (제 10 – 427호) | **주 소** (10881) 경기도 파주시 문발로 119, 202호

**전 화** 031-955-8101 | **팩 스** 031-955-8110 | **메일** wsesang@hanmail.net

**블로그** blog.naver.com/balgunsesang8101 | **인스타그램** www.instagram.com/wsesang

**ISBN** 978-89-8437-496-6 03840 | **값** 22,000원

잘못된 책은 구입한 곳에서 교환해드립니다.

# 마음을 읽는 아이
# 오로르

더글라스 케네디 글

조안 스파르 그림

조동섭 옮김

밝은세상

우리 : 나 그리고 나의 언니
에밀리

길 반대편에서 네 사람이 걸어왔다. 걔네가 우리를 보고 씩 웃었다. 나쁜 징조였다. 다른 사람을 괴롭히는 애들이 씩 웃는 건 '지금부터 너를 못살게 굴면서 놀 거야.'라는 뜻이다.

바로 **우리**를. 나와 내 언니 에밀리를. 에밀리 언니는 열네 살이다. 나보다 세 살 많다. 언니의 얼굴이 하얘졌다. 쟤네는 언니와 같은 반이고, 언니가 자기들을 무서워한다는 걸 알고 있다.

"다른 사람을 괴롭히는 애들이 원하는 게 바로 그거야. 두려움."

몇 달 전, 이 괴롭힘이 시작될 때 나는 언니에게 글을 썼다.

언니는 내 말이 맞다고 했다. 하지만 그래도 걔들은 언니가 두려워할 만한 힘을 가지고 있었다. 그래서 언니는 걔네가 우리 쪽으로 올 때 내 귀에 속삭였다. "건너편 길로 가자."

넷 중 대장인 도로테가 소리쳤다. "어딜 가려고!"

언니가 얼어붙었다. 나는 계속 걸어가는 게 좋다는 뜻으로 언니의 손을 잡았다. 하지만 도로테 일당이 우리를 둘러쌌다.

도로테가 말했다. "땅꼬마 에밀리가 바보 동생이랑 산책 나왔나 봐?" 그 말에 나머지 셋이 웃었다. 그 셋은 도로테가 못된 말을 할 때마다 웃는다. 언니가 떨기 시작했다. 나는 언니의 손을 더 꽉 잡고, 도로테를 똑바로 노려보았다.

도로테가 말했다. "이 찌질이 좀 봐. 센 척하고 있네."

나는 글을 쓰기 시작했다.

도로테가 계속 말했다. "왜 말을 못할까? 저능아니까!"

바로 그때, 나는 내가 쓴 글을 도로테의 얼굴 앞에 내밀었다. 읽지 않을 수 없게 눈앞에 들고 있었다.

"어젯밤에 엄마한테서 저능아라는 말을 들었지? 엄마한테 늘 심한 말을 듣지? 그래서 다른 사람을 괴롭히는 거야."

도로테의 눈이 휘둥그레졌다. 큰 비밀을 들킨 듯한 표정. 내 말이 맞을걸.

도로테가 씩씩대며 말했다. "우리 엄마가 그런 말한 거 어떻게 알았어? 어떻게 알았냐고?"

나는 방금 새로 쓴 글을 내보였다.

"네 눈을 보면 난 다 알아."

사람들의 눈을 보면 다 알 수 있다.

나는 사람들의 눈을 보면 다 안다.

내가 가진 신비한 힘이다.

엄마가 행복하려고 무지 애쓸 때, 나는 사실 엄마가 얼마나 슬픈지 볼 수 있다. 아빠가 자기의 새로운 삶에 만족한다고 말할 때, 나는 아빠의 걱정이 다 보인다. 나한테 직접 말한 적은 없지만, 언니는 엄마 아빠가 같이 살지 않는 게 내 탓이라고 생각한다. 나는 그것도 알고 있다.

"너의 그 '신비한 힘' 때문에 우리 가족이 변했어." 여덟 달 전, 아빠가 집을 나갔을 때 언니가 나에게 말했다.

나는 엄마한테 물었다. 언니의 말이 사실인지, 내가 신비한 힘을 가지고 있어서 다른 사람들한테 나쁜 일이 생기는 것인지 물었다.

엄마가 말했다.

"오로르, 그 신비한 힘은 소중한 재능이야. 너는 네 이름 그대로야. 진짜 햇살."

오로르.

내 이름!

아빠가 이야기해 주었다. 옛날 옛적에, 책은 두루마리로 되어 있고 밤에는 호롱불로 빛을 밝히던 옛날에, 사람들은 오로르 여신을 숭배했다고. 오로르 여신은 아침마다 해님을 들어 올리는 힘이 있었다. 오로르는 어둠을 쫓아냈다.

아빠가 말했다. "오로르, 그게 너야. 너는 늘 어둠을 사라지게 해."

'어둠을 사라지게 하는 것'이 내 신비한 능력이 될 수 있을까? 나는 얼마 전에 조지안느 선생님과 이야기했다.

조지안느 선생님이 말했다.

"사람들을 돕는 것도 신비한 일이야."

조지안느 선생님은 우리 집에서 두 골목 떨어진 곳에서 자랐다. 그렇지만 선생님의 엄마 아빠는 세네갈이라는 나라에서 왔다. 여기서 아주 먼 아프리카에 있는 나라다. 선생님은 아주 환하게 웃고, 늘 책을 읽으며, 정치 이야기를 한다. 모두가 항상 남을 탓하는 세상에 맞서 우리는 서로를 존중해야 한다고 말한다.

선생님은 아주 똑똑하다. 선생님은 지금 세상에서 가장 큰 문제가 '불의'라고 했다. 공정하지 않은 것, 올바르지 않은 것.

태블릿으로 말하는 법을 배우는 데
1년도 넘게 걸렸다.

선생님은 항상 내게 말한다.

"공정해야 해. 꼭 그렇게 살아야 해."

나는 신비한 능력을 갖고 있어서 다른 아이들이 다니는 학교에는 가지 않는다. 집이 학교고, 조지안느 선생님과 매일 여러 시간 동안 공부한다. 세상을 향해 말하는 법을 가르쳐 준 사람도 조지안느 선생님이다.

나는 신비한 능력 때문에 보통 사람들처럼 말하지 못한다. 그래서 글로 쓴다. 하고 싶은 말 모두. 생각하는 것 모두. 그리고 나는 생각을 아주 많이 한다!

조지안느 선생님을 만나기 전에는, 내 머릿속에서 벌어지는 것들을 엄마와 아빠와 언니와 다른 모두에게 알릴 방법이 없었다. 선생님은 내게 검은색 직사각형에 하얀 화면이 있는 예쁜 물건을 줬다. 이건 태블릿이고, 이게 있으면 나도 다른 사람들처럼 대화할 수 있다고 했다.

태블릿으로 말하는 법을 배울 때, 선생님은 나를 아주 철저하게 가르쳤다.

"능숙해지기 쉽지 않을 거야. 하지만 힘들더라도 끝까지 해내야 해. 난 오로르가 분명 해낼 수 있다는 걸 알아!"

배우는 데 1년도 넘게 걸렸다. 하지만 나는 태블릿으로 말할 수 있게 되었고, 빠르게 말하는 법까지 터득했다!

태블릿으로 말하게 된 후에야, 내가 다른 사람의 눈을 보면 그 사람의 생각을 읽을 수 있다는 사실을 선생님에게 알릴 수 있었다.

내 진짜 신비한 힘에 대해 처음으로 말했을 때, 선생님이 물었다. "내가 지금 무슨 생각을 하고 있게?"

나는 곧장 태블릿에 대답을 적었다.

"선생님 생각: 오로르가 영리한 건 나도 잘 알고 있어. 그렇지만 그 정도로 영리할까? 눈을 통해서 생각을 읽을 수 있는 사람이 있을까?"

선생님 눈이 휘둥그레졌다.

"또 선생님 생각: 레옹이 오니까 집에 가는 길에 와인을 사야지."

두 번째 대답에는 더 휘둥그레졌다. 레옹은 선생님 애인이다.

"진짜 초능력이잖아!"

우리는 거대한 냉장고처럼 생긴 아파트에 산다.

이 세상에서 나는 메종 루지 거리에 있는 퐁트네-수-부아라는
곳에 산다.

아파트에 사는데, 언니는 우리가 사는 건물이 거대한 냉장고 같
다고 한다. 엄마는 언니가 그 말을 할 때마다 몹시 화를 낸다. 이
집을 엄마가 구했기 때문이다. 엄마와 아빠가 따로 살기로 결정한
뒤에 엄마가 찾아낸 집이다. 파리에 있는 집에서 이사해 퐁트네로
옮겼다. 퐁트네에 더 좋은 직장이 있고, 퐁트네에서 더 넓은 집을
구할 수 있었기 때문이다.

엄마가 말했다. "파리까지 11분밖에 안 걸려!"

엄마가 그렇게 말한 건 언니가 엉엉 울기 시작했기 때문이다. 언
니는 자기가 알고 있던 것 전부, 익숙했던 것 전부와 멀리 떨어져
야 해서 울었다.

파리까지 11분밖에 안 걸려!

엄마는 퇴근해서 집에 오면
오늘 직장에서 있었던 '멋진' 일들을
나한테 들려준다.

"새 친구들을 사귈 수 있고, 너 혼자 쓰는 방도 생겨. 그리고 가고 싶으면 언제라도 기차를 타고 파리로 가면 돼."

언니가 말했다. "퐁트네는 구려!"

엄마는 언니가 퐁트네를 좋아하게 될 거라고 말했다. 그렇지만 나는 엄마의 눈을 보고 진짜 생각을 알 수 있었다.

'여기로 이사한 건 완전 내 실수야.'

그렇지만 잠시 후에 엄마는 언니한테 말했다.

"여기가 훨씬 살기 좋은걸."

엄마는 늘 즐거운 표정을 짓는다. 엄마는 은행 지점장이다. 퇴근해서 집에 오면, 그날 직장에서 일어난 '멋진' 일들을 나한테 들려준다. 돈을 빌리려는 사람들 이야기다. 엄마의 비서인 마리즈가 주말에 머리카락을 무슨 색으로 바꿨는지나 창구 직원 아그네스가 넷째 아이를 가졌다는 이야기도 있다. "아직 서른두 살인데 벌써 애가 넷이야!"

바로 지난주에 언니가 엄마한테 말했다. "은행 얘기 재미없어." 엄마는 언니한테 너무 못되게 말하면 안 된다고 했다. 엄마와 언니는 자주 싸운다.

엄마가 말했다. "아무리 사춘기라도 너무 심하구나."

언니가 맞받아쳤다. "나는 그냥 사실을 말한 거야!"

그렇게 말하면서 언니는 속으로 생각했다.

'다들 오로르, 오로르. 오로르는 뭐든지 알고, 용감하고, 대단하

다고 생각해. 오로르가 태블릿을 써서 말하기 때문이야. 장애인이기 때문이야.'

**장애인.** 나는 조지안느 선생님에게 장애인이 무슨 뜻인지 물어보았다. 선생님은 내가 자폐아로 태어났는데, 그건 별일 아니라고 말했다. 그냥 세상을 다른 식으로 보는 거라고. 자폐아는 독특하고, 자폐에 한 가지 종류만 있는 것도 아니라고 했다. "너는 자폐증 때문에 보통 사람들처럼 말할 수 없지만, 네가 가진 초능력을 생각해 봐!" 그 말을 할 때 나는 선생님의 생각을 읽을 수 있었다.

'오늘은 정말이지 오로르랑 이런 대화를 나누기 싫어! 언젠가 오로르한테 자폐증을 설명해야 할 날이 올 줄 알고 있었지만, 지금은 내가 너무 준비가 안 되어 있어.'

나는 태블릿에 적었다.

"지금 이런 이야기를 하는 게 불편하죠? 장애인이라는 단어도 싫어하죠? 나도 알아요."

"내가 불편한 건⋯⋯."

"준비가 안 되어 있어서죠?"

"너한텐 아무것도 숨길 수가 없구나. 맞아, 이 이야기는 다른 때에 나누고 싶었어. 맞아, 나는 '장애인'이라는 단어가 싫어. 장애인이라고 하면 계속 남의 도움을 받아야 하는 것처럼 보이고, 희망이 없는 것처럼 보이거든."

언니는 맨날 화가 나 있다.

"희망이 없지 않아요! 나한테는 신비한 힘이 있어요!"

"맞아, 정말이야, 오로르. 에밀리는 잘못된 단어를 썼어."

"언니는 화가 많이 나 있어요."

"에밀리가 열네 살이어서 그래. 열네 살 때에는 화가 많이 나."

"나는 어떤 일에도 화내지 않아요. 그렇지만 아직 열한 살이긴 하죠."

"화를 모르는 것도 아주 특별한 재능이야. 그런 축복을 누리는 사람은 거의 없거든."

"나는 슬픈 적도 없어요. 하지만 주위 사람들은 모두가 슬퍼해요."

"사람들은 거의 항상 슬퍼하며 살아."

"엄마가 슬퍼하지 않으면 좋겠어요. 그러려면 내가 뭘 해야 하죠?"

"같은 은행에 다니는 그 아저씨는 계속 만나셔?"

"피에르 아저씨요? 일주일에 며칠은 우리 집에 와요. 나한테 늘 잘해요. 아저씨 생각을 읽었어요. '세실 같은 애인을 만난 건 행운이야.' 엄마는 이런 생각을 해요. '피에르는 친절하고 다정하고 착실해. 나를 사랑하는 게 확실하고. 하지만 피에르와 나 사이가 지지부진한 것도 확실하지.'"

지지부진. 처음 듣는 표현이었다. 그래서 나는 태블릿으로 그 말을 찾아봤다. (선생님은 새로운 말이나 모르는 말이 있으면 태블릿으로 검색해 보라고 했다.) 지지부진은 더 나아지거나 좋아지지 않는다는 뜻이다. 엄마는 아빠가 우리랑 따로 살기 시작한 때부터 쭉 지지부진했다.

아빠의 책을 읽기에 나는 너무 어리다.

아빠는 작가다. 이름은 알랭. '나쁜 사람이 나쁜 일을 하는' 범죄 소설을 쓴다. 나는 아빠가 쓴 소설을 읽기엔 아직 어리다. 조지안 느 선생님이 아빠의 소설은 아주 어둡고 아주 뛰어나다고 했다.

아빠와 엄마는 많이 싸웠다. 아빠는 늦게 일어나고, 파자마 차 림으로 종일 집에 있거나 카페에 앉아서 노트북으로 글을 썼다. 엄마는 늘 아빠한테 게으르다고 화를 냈다. 아빠는 늘 엄마한테 예술가가 아니라 은행원이랑 만나야 했다고 화를 냈다.

이제 엄마는 은행원을 만나고, 아빠는 클로에를 만난다.

클로에는 머리가 아주 좋다. 커다란 검은색 안경을 멋지게 쓰 고, 컴퓨터로 재밌는 일을 할 수 있는 프로그램을 만든다. 아빠는 클로에가 지금 만들고 있는 프로그램으로 아주 유명해질 거라고 했다. 아빠는 아주 많은 사람들이 자기 소설을 읽기를 바란다. 그래서 지금 아빠와 클로에가 살고 있는 19구 마냉 거리의 작은 아파트보다 넓은 집으로 이사할 수 있기를 바란다. 나는 그 아파트가 좋다. 방은 두 개뿐이지만, 그래도 좋다.

아빠가 침실 벽 쪽에 작은 공간을 만들어서 나한테 쓰라고 했다. 클로에는 벽에 파란색 페인트를 칠하고 그 위에 온통 별을 그렸다. 클로에가 머나먼 곳, 아주 추운 북극에는 '오로라'라는 게 있다고 알려 줬다.

"별들이 아주 밝고 아름답게 빛나. 오로르 너는 아침마다 세상에 빛을 불어넣는 여신이고, 또 멋진 별 무리이기도 해."

클로에는 스물아홉 살이다. 아빠보다 열 살 어리다. 클로에의 눈을 보고 알았는데, 클로에는 아기를 원한다. 나는 아빠의 생각도 알고 있다.

'클로에가 아이를 가지면 나는 완전히 덫에 갇힐 거야.'

나는 아빠랑 같이 있는 게 정말 좋다. 소설 걱정, 돈 걱정, 엄마가 되려는 클로에 걱정 등등에 빠져 있지 않은 때에 아빠는 아주 재밌고, 나한테 신기한 이야기도 많이 들려준다. 내가 제일 좋아하는 건 프랑수아라는 햄스터 이야기다. 프랑수아는 미래를 예언하는 능력이 있어서 프랑스의 왕 루이 14세 옆에서 조언을 했고, 루이 14세는 프랑수아한테 감사의 선물로 성을 지어 주었다. 베르사 클로에는 파란색 페인트로 벽을 칠하고 그 위에 온통 별을 그렸다.

클로에가 아이를 가지면 나는 완전히 덫에 갇힐 거야.

유에 있는 그 성에는 햄스터를 위한 거대한 쳇바퀴도 있다고 한다!
아빠는 내가 태블릿으로 글을 아주 빨리 쓰는 걸 좋아한다. 아
빠는 나한테 늘 아주 똑똑한 아이라고 말한다. 나는 엄마 아빠한

테는 사람의 눈을 보고 생각을 읽을 수 있는 능력에 대해 말하지 않았다. 엄마 아빠가 나한테 생각을 읽히는 걸 알면 불편해할 거라고 조지안느가 말했다.

나의 가장 큰 비밀도 엄마 아빠한테 말하지 않았다. 아니 아무한테도 말하지 않았다. 나는 엄마와 아빠의 집을 오가며 살고 있을 뿐만 아니라 '참깨'라는 세상에서도 살고 있다. 전에 아빠가 나한테 마술을 보여 줬는데, 동전을 손에서 사라지게 한 다음에 귀에서 다시 나타나게 하는 마술이다. 정말 신기해서 아빠한테 세 번이나 계속해 달라고 했다. 아빠는 동전을 쥐고 주먹을 꽉 쥔 손 위에 다른 손을 얹어 흔들며 "수리수리 마수리!"라고 말했다. 그러고 나서 주먹을 펴면 동전은 사라지고 없었다. 그다음에 아빠는 내 귀에 손을 대고 "나타나라, 참깨!" 하고 외친 뒤에 손을 펼쳤다. 동전이 나타났다.

아빠한테도 신비한 능력이 있어!

그날 밤 나는 아빠 집에 있는 내 공간에 누워서 클로에가 그린 별들을 바라보았다. 별 하나에 집중했다. 그리고 아빠가 말한 '참깨'라는 단어를 머릿속으로 계속 되풀이했다.

조금 뒤에 나는 완전히 다른 공간에 있었다. 처음에는 원래 세계랑 아주 비슷한 것 같았다. 15구 테아트르 거리에 있었기 때문이다. 엄마 아빠가 더는 같이 살 수 없다고 결정하기 전까지 우리

아빠는 내가 태블릿으로 글을 아주 빨리 쓰는 걸 좋아한다.

나는 '참깨'라는 세상에서도 살고 있다.

참깨!

가족이 살던 곳이다.

**참깨 세상**은 현실 세계보다 색이 더 밝다. 하늘은 새파랗고 거리는 깨끗하고 사람들은 모두 웃는 얼굴이다. 항상 심술궂던 빵집 주인도 '안녕?' 하며 인사하고 오늘은 자전거를 타고 어디에 가느냐고 묻는다. 나는 친구 오브를 기다린다고 말한다.

"와, 너랑 오브는 정말 단짝이구나!"

"맞아요. 오브는 제일 친한 친구예요."

나는 빵집 주인과 태블릿 없이 말한다. 왜냐하면 **참깨 세상**에서는 나도 다른 사람들처럼 말을 할 수 있기 때문이다. 오브는 **참깨 세상**에서 우리 옆집에 산다. 오브도 열한 살이다. 우리는 뭐든 함께한다. 자전거를 타고 **참깨 세상** 곳곳을 다닌다.

우리가 제일 좋아하는 곳은 개들이 뛰어노는 공원이다. 오브와 나는 개를 아주 좋아한다. 개들은 보호자나 목줄 없이도 공원에서 놀 수 있다. 우리를 알아보는 개도 많다. **참깨 세상**에서는 개들이 절대 싸우지 않는다.

**참깨 세상**에서는 모두가 아무 걱정도 없다. 다른 사람을 괴롭히는 애들도 없다. 엄마 아빠는 행복하게 함께 지낸다. 학교에서 오브와 나는 옆자리에 앉는다. 수업 시간엔 항상 선생님의 질문에 답하기 위해 손을 든다.

선생님은 날마다 말한다.

참깨 세상에서 나는 다른 사람들처럼 말해.

우리의 2인용 자전거.

모두가 아무 걱정도 없다.

"오로르는 아는 것도 정말 많네!"

오브는 내가 사는 세상을 **힘든 세상**이라고 부른다. **힘든 세상**의 내 모습에 대해서는 오브도 알고 있다. **힘든 세상**에서 행복한 사람은 나 하나뿐이라는 사실도 알고 있다.

오브한테는 신비한 능력이 없어서, 내가 같이 가자고 부탁할 때만 **참깨 세상** 밖으로 나갈 수 있다. 그리고 **힘든 세상**에서는 아무도 오브를 볼 수 없다. 오브는 내 눈에만 보인다. 그렇지만 나는 언제라도 원하면 **참깨 세상**을 오갈 수 있다. 별 하나를 집중해서 보기만 하면 된다. 별은 내 태블릿에도 있다. 클로에가 그린 별을 사진으로 저장해뒀다. 그걸 보면서 '참깨'라고 말하면, 나는 어느새 **참깨 세상**에서 오브와 함께 자전거를 타고 있다.

오브가 **힘든 세상**에서 나랑 함께 지내지는 못해도, 우리는 얼마 전에 제일 친한 친구 서약을 했다. 오브는 내가 **힘든 세상**으로 돌아갈 때마다 조언을 해 주고, 다른 사람의 문제를 해결하는 데에도 도움을 주기로 했다.

오브가 그랬다. "힘든 세상 사람들은 모두가 나름대로 외로워. 그래서 '친구'라는 개념이 생긴 거야. 친구는 그냥 재미있게 놀기 위해서만 존재하는 게 아니야. 세상에 나 혼자가 아니라는 사실을 알려 주기 위해 존재하는 거야."

별 하나를 집중해서 보기만 하면 된다.

언니에게도 친한 친구가 있다. 이름은 루시.

에밀리 언니한테도 친한 친구가 있다. 루시. 언니랑 루시 언니는 같은 반이다. 루시 언니는 숫자를 잘 안다. 덧셈 뺄셈을 암산으로 할 수 있고, 수학을 좋아한다. 기하학이라는 걸 특히 좋아한다. 크기, 형태, 선, 각도, 그런 거.

"수학은 아름다운 시 같아." 어제 루시 언니가 우리 집에 놀러와서 말했다. 루시 언니는 색이 예쁜 나무 블록을 가져왔다. 바닥에 블록들을 늘어놓고 정삼각형을 만들었다. 정삼각형은 기하학에서 제일 강력하다고 했다. 균형이 완벽하기 때문에. 포기하지 않는 불굴의 의지와 힘을 상징한다고.

"나는 절대 포기하지 않아." 내가 태블릿을 들어 보였다.

루시 언니는 눈을 굴리며 말했다. "오로르는 정삼각형이네. 나는 정사각형이야."

"언니도 나만큼 강해." 나는 다시 썼다.

루시 언니는 마카롱 세 개를 아주 빨리 먹은 뒤에 말했다. "기하학에 나오는 형태와 크기는 뭐든 다 좋아. 그렇지만 현실에서는 크기와 형태 때문에 놀림을 당하기도 해."

루시 언니가 마카롱을 또 집을 때, 나는 루시 언니의 생각을 읽을 수 있었다.

'나는 내 몸 크기가 싫어. 내 자신이 싫어.'

그리고 루시 언니는 내 언니에게 피자를 시키자고 말했다.

엄마가 그날 일찍 퇴근해서 빈 피자 상자와 마카롱 상자를 봤다. 그 마카롱은 엄마가 제일 좋아하는 거다. 엄마는 루시 언니의 양 뺨에 입을 맞추고 아주 건강해 보인다고 말했다. 언니는 우리 엄마가 루시 언니의 체중을 걱정하는 걸 알고 있어서 죄책감을 느꼈다. 게다가 언니는 루시 언니의 엄마 때문에도 마음이 언짢았다. 루시 언니의 엄마는 자기 딸을 항상 야단친다. 너무 많이 먹는다고, '뚱보', '쓰레기통'이라고 부른다. 루시 언니의 엄마는 미용사인데, 빼빼 말랐고 늘 담배를 손에 들고 있다.

에밀리는 생각했다. '아, 난 엄마한테 죽었다.'

루시 언니가 간 뒤에 엄마는 언니를 칭찬했다. 루시와 잘 지내서 좋다고. 그리고 학교에서 루시가 지금도 괴롭힘을 당하는지 물었다.

우리 피자 시켜 먹을까?

아, 난 엄마한테 죽었다.

잔혹이들은 끔찍한 별명을 불러댔다.

"도로테와 잔혹이들, 걔들을 그렇게 부르기로 했어. 걔들이 맨 날 루시를 놀려. 아주 못된 별명도 붙였어. '코끼리'래."

엄마가 말했다. "생김새나 몸매로 사람을 놀리면 절대 안 돼." 그런데 내겐 엄마의 생각이 보였다.

'불쌍한 루시. 루시 스스로도 그렇게 살찌기를 바라지 않겠지만, 그렇게 계속 음식을 먹으니 살찔밖에. 루시처럼 사랑스러운 아이 가 자신에게 그렇게 부정적인 생각을 품고 있다니, 슬픈 일이야.'

이튿날, 나는 아빠 집에 갔다. 아빠는 햄스터 프랑수아가 나오 는 새로운 이야기를 들려줬다. 몰리에르라는 유명한 작가가 쓴, 아주 재미있는 연극 〈타르튀프〉의 첫 공연에 프랑수아가 초대되었 다. 프랑수아는 루이 14세의 무릎에 앉아서 왕이 얼마나 웃는지 보고 있었다. 그런데 루이 14세의 고문들은 이 연극이 종교를 비 꼬고 있으니 파리에서 공연을 금지해야 한다고 말했다. 프랑수아 는 연극이 공연되어야 한다고, 작가는 사람들의 어리석은 믿음과 잘못된 행동을 지적할 수 있어야 한다고 왕을 설득했다. 루이 14 세는 딱딱하기만 한 고문들의 의견을 모두 무시하고, 몰리에르의 연극을 누구나 볼 수 있게 했다!

클로에가 말했다. "그 얘기의 교훈은 뭐야? 작가한테는 왕 옆에 서 자기를 편들어 줄 햄스터가 필요하다는 건가?"

아빠가 웃었다. 그렇지만 아빠는 입술을 오므렸다. 아빠는 그다지 다정하지는 않은 속뜻이 담긴 말을 들었을 때 늘 그렇게 입술을 오므린다. 아빠는 빵에 치즈를 더 바르기 시작했다.

클로에가 말했다. "아빠가 치즈를 아주 좋아하네."

나는 태블릿에 썼다. "나도 치즈를 아주 좋아해요! 특히 블루치즈를 좋아해요. 아빠처럼!"

클로에는 내가 살찔까 봐 걱정했다. 아빠는 즐거운 미소를 지으며 클로에를 보았다. 나는 클로에의 생각을 읽을 수 있었다.

'내가 왜 바보 같은 말을 했지?'

클로에가 아빠 손을 잡고 속삭였다.

"미안해."

아빠가 몸을 기울여서 클로에한테 키스했다. 아빠의 생각이 보였다.

'클로에가 나를 쥐락펴락하려고 하면 나는 겁부터 먹게 돼.'

나는 그때 어른에 대해서 알게 됐다. 나처럼 다른 사람의 눈을 통해 생각을 읽을 수는 없지만, 표정으로 생각을 추측할 수는 있나 보다. 클로에는 아빠의 생각을 알아챘다. 그래서 클로에가 아빠에게 미소를 지었지만 속으로는 생각했다.

'내가 알랭을 밀어내면, 나중에 후회하는 사람은 바로 나 자신이겠지. 알랭이 잘 정돈된 사람은 아니지만, 그래도 즐겁게 엉망인 사람이야. 그리고 아이들에게 아주 좋은 아버지고.'

작가한테는 항상
  햄스터 한 마리가 필요하다는 건가?

나는 갑자기 든 생각을 태블릿에 써서 아빠한테 내보였다.

"클로에랑 아이를 가져!"

아빠의 얼굴이 하얗게 질렸다.

꧁

조지안느 선생님은 나한테 단어를 말하게 하려고 애쓰는 중이다.

'나.'

선생님은 내가 입술을 움직이지 못하는 걸, 내 신비한 능력 때문에 말을 하지 못하는 걸 잘 알고 있다. 그런데 그런 선생님이 나한테 입으로 말하는 법을 가르치겠다고 굳게 마음먹었다. 요즘에는 수업 내내 단어 하나에 집중했다.

'나.'

나는 입을 열고 선생님을 따라 하려고 애썼다. 전처럼 아무 효과도 없었다. 예닐곱 번을 애썼다. 선생님은 나를 응원했다. 할 수 있다고, 틀림없다고. 그렇지만 다섯 번을 더 시도한 뒤에 나는 태블릿에 적었다.

"태블릿으로도 말을 잘할 수 있는데, 왜 남들처럼 입으로 말해야 해요?

나는 그저 미소만 지었다. 조지안느 선생님은 슬퍼 보였다.

'나'라는 말을 그렇게 듣고 싶으면, 좋아요."

그다음에 나는 '나'를 계속 입력했다.

"나나나나나나나나나나나나나나나나나나나나나나나나나나나나나나나나나나나나나나나나나나나나나나나나나나나나나나나나나나나나나나나나나나나나나나나나나나나나나나나나나나나나나나나나나나나나나나나나나나나나나나나나나나나나나나나나나나나나나나나나나."

선생님이 고개를 절레절레 흔들었다. "아주 재밌네. 그렇지만 오로르, 네 깊은 곳에는 말하는 능력이 있어."

나는 그저 미소만 지었다. 선생님은 슬퍼 보였다.

"너를 가르친 지 2년이 됐어. 그런데 너는 아직 말을 못하고……."

나는 한 손을 조지안느 선생님의 팔에 얹고, 다른 한 손으로 태블릿에 썼다.

"슬퍼하지 마세요. 나는 태블릿으로 말할 수 있게 됐잖아요. 대단한 일이에요. 선생님 덕분에 모든 게 달라졌어요."

선생님이 말했다.

"그래도 입으로 말할 수 있으면……."

나는 말하고 싶었다. '입으로 말할 수 있어요! 힘든 세상이 아닌 곳에서는요!' 조금 뒤 선생님이 화장실에 간 사이에, 나는 클로에가 그린 예쁜 별을 태블릿 화면에 올리고, 뚫어져라 보았다. 그리고 '참깨'라고 외쳤다. 그러자 순간, 나는 오브와 자전거를 타고 개 공원으로 가고 있었다.

나는 입으로 소리 내서 오브한테 말했다. "**힘든 세상**에서는 왜 나한테 말하는 능력이 없을까?"

오브가 말했다. "그러면 신비한 능력이 방해를 받으니까."

"그렇지만 조지안느 선생님을 기쁘게 하고 싶어. 다른 사람들처럼 말을 하고 싶어."

"글로 말하잖아! 글로 말하니까 너의 말이 더 특별해. 쓰기 전에는 생각을 해야 하니까. 글에는 무게가 있어. 네 글은 다른 사람한테 도움이 돼. 너는 남달라서 평범한 사람들은 절대로 모를 특별한 시각으로 세상을 보니까."

그다음에 오브한테 루시 언니 이야기를 들려줬다. 몸 이야기를 했다.

오브가 말했다. "**힘든 세상** 사람들은 생김새에 너무 집착해. 마르거나 날씬하지 않으면 자기 관리에 소홀하다는 말을 해. 잘못된 생각이야. 사람을 불행하게 만드는 생각. 너도 알지만, 여기 **참깨 세상**에서는 몸집이 크든 작든 신경을 쓰지 않아. 남한테 나쁜 말을 하는 사람도 없어. 개들도 서로 사이좋게 지내."

아름다운 잔디밭이 펼쳐지자 오브는 자전거를 세웠다. 개들이 자유롭게 놀고 있었다. 늘어져 쉬거나 서로 뒤쫓으며 달렸다. 화

내며 짖거나 싸움을 벌이는 일은 전혀 없었다. 큰 개. 작은 개. 살이 적은 개. 살이 많은 개. 빨리 달리는 개. 느린 개. 짖기 좋아하는 개. 조용한 개. 개들의 보호자들도 있었다. 몸에 문신이 많은 오토바이 타는 남자가 에클레어를 먹으며 배를 두드리고, 귀가 늘어진 황금빛 개가 재주넘는 걸 보며 웃었다. 황금빛 개는 커다란 얼룩 개한테 잘 보이려 애썼다. 얼룩 개의 보호자는 키가 아주 크고 마른 여자인데, 오토바이 타는 남자한테 시집을 건네고 있었다. 아주 멋진 옷을 입고 행복한 얼굴로 잔디밭에 앉아 있는 사람들도 있었다. 옆에는 덩치 큰 갈색 개가 있었다. 남자는 큰 스케치북에 개들을 그리고, 여자는 수첩에 글을 썼다. 그 가까이에 할머니와 할아버지가 손잡고 앉아 있었다. 각자 다른 손에는 책을 들고 있었다.

내가 오브에게 말했다. "내가 **참깨 세상**에서 정말 좋아하는 게 뭔지 알아? 모두가 책을 읽는 거야! 화내거나 싸우는 사람도 없어. 개들은 서로 다 친구야."

오브가 말했다. "**참깨 세상**에서는 모두가 대화를 나눠. 누구나 글이 있는 책을 좋아해. 종일 전화기를 들여다보는 사람은 아무도 없어."

갑자기 **힘든 세상**에서 목소리가 들렸다.

"오로르!"

조지안느 선생님이다.

개들은 서로 다 친구다.

나는 오브한테 말했다. "이제 가야 해."

오브가 말했다. "오늘 밤에 다시 와."

"네가 저쪽 세계로 나를 보러 오면 정말 좋을 텐데."

"여기로 와서 나를 데려가면 되지. 그렇지만 나는 거기서 밤을 보낼 수 없어. 내가 **힘든 세상**에 가는 건, 네가 남을 돕는 데에 내 도움이 필요할 때뿐이야."

"오로르!" 조지안느 선생님이 다른 세계에서 내 이름을 크게 불렀다.

오브에게 작별 인사를 하고, 눈을 감았다. 그리고 집으로 돌아가는 주문을 외웠다. "골칫거리 세상으로." **힘든 세상**으로 돌아가는 게 괴로운가 하면, 그렇지는 않다. 힘들면 **참깨 세상**으로 피하면 되니까. 오브 말고는 내가 사랑하는 사람 모두가 이 세상에 있으니까. 각자 골칫거리는 안고 있지만.

나는 다시 주문을 외웠다. "골칫거리 세상으로." 눈을 뜨자 나는 집에 돌아와 있었다. 선생님이 신기하다는 듯 나를 보았다.

"방금까지 어디 있었어?"

"다른 곳에 있었어요."

"상상의 장소?"

"아니요, 진짜로 있는 곳이요. 아, 그리고 진짜로 현실적인 문제도 있어요. 루시 언니가 자기 자신을 더 사랑하게 만들 방법이 없을까요? 루시 언니는 자기 외모를 싫어해요. 제가 보기에는 괜찮은데. 루시 언니는 계속 음식을 먹고 계속 자기 몸을 미워해요."

선생님이 말했다.

"오로르, 알아야 할 게 있어. 다른 사람의 행복은 네 책임이 아니야. 네 행복이 남의 책임도 아니고."

"그래도 행복해지도록 남을 도울 수는 있죠."

"그래. 시도할 수는 있어. 남을 도우려고 하는 건 아주 좋은 일이기도 해. 그렇지만 인생을 더 밝게 보도록 남을 설득하는 건 불가능한 일이야. 인생을 달리 보는 건 스스로가 해야 하는 일이야."

내 머릿속에는 엄마와 아빠가 여러 일들에 실망하고 슬퍼하던 게 떠올랐다. 나는 내 언니가 괴로워하는 것도 안다. 언니는 학교에서 다른 사람들이 자기를 보는 눈 때문에 괴로워한다. 그리고 루시 언니도 있다. 수학을 아주 잘하지만 자기 몸 때문에 마음이 불편한 루시 언니.

내가 물었다. "행복은 선택이에요?"

조지안느 선생님은 그 말을 잠시 생각하다가 대답했다.

"모든 건 선택이야."

다른 사람의 행복은 너의 책임이 아니야.

오는 토요일은 에밀리 언니의 생일이다. 엄마는 엄청난 선물을 준비했다. 우린 그날 **괴물 나라**에 간다!

에밀리 언니는 오래전부터 **괴물 나라**에 가고 싶다고 했다. 학교 친구들한테 들었는데, **괴물 나라**는 무서우면서도 재밌다고 했다. 신나는 놀이기구도 많고, 용들이 있는 수영장도 있다고. 나는 수영장에 가고 싶었다. 조지안느 선생님한테서 수영을 배웠기 때문이다. 나는 태블릿으로 찾아봤다. **괴물 나라**에 있는 수영장 길이는 50미터. 거기 가면 300미터는 수영해야지! 수영을 많이 하고 싶다. 조지안느 선생님이 운동은 몸에도 좋고 정신에도 좋다고 했다.

"운동하면 머리도 맑아지고, 슬픈 마음도 몰아낼 수 있어."

나는 선생님한테 말했다. "저는 슬픈 적이 없어요!"

"그래, 맞아. 그래서 너는 행운아야. 사람들은 누구나 각자 나름대로 슬픔을 안고 살아가니까."

"루시 언니도 수영을 하면 더 건강해지고 행복해지지 않을까요?"

"오로르, 내가 한 말 잊지 마. 남한테 더 좋은 해결책을 제안할 수는 있지만, 남을 억지로 변하게 만들 수는 없어."

"쥐락펴락하려 하지 않을게요!"


에밀리 언니가 루시 언니한테 **괴물 나라**에 같이 가자고 했다. 나는 그전에 퐁트네에 있는 수영장에서 같이 수영을 배우자고 했다. 루시 언니는 싫다고 했다. '잔혹이들'도 그 수영장에 자주 가는데, 수영복을 입은 자신을 보면 놀려댈 거라고.

내가 루시 언니에게 말했다. "나도 옆에 있을 테니 내가 언니를 보호할게. 조지안느 선생님도 언니를 지킬 거야. 조지안느 선생님은 다른 사람을 괴롭히는 사람을 보면 가만두지 않아."

루시 언니가 말했다. "나는 무서워."

"누구에게나 무서운 게 있어."

"오로르, 너는 무서운 게 없잖아."

"그건 신비한 능력 때문이야."

그래도 엄마한테 말해서 루시 언니가 **괴물 나라**에 수영복을 가져가게 할 수 있었다. 루시 언니는 이번 여행에 무척 들떴다. 이미 1년 전부터 루시 언니는 자기 엄마한테 **괴물 나라**에 가고 싶다고 졸랐다고 했다.

"그렇지만 우리 엄마는 내가 몸무게를 10킬로그램 빼야 거기 데려가겠대."

우리 엄마가 말했다. "루시, 너는 지금도 예뻐."

루시 언니의 눈에 눈물이 고였다.

"오늘 엄마한테는 그냥 에밀리네 집에서 놀다 온다고 말했어요. 그런데 괴물 나라에 간 걸 알면……."

엄마가 말했다. "걱정하지 마. 너희 엄마한테는 아무 말 안 할게."

그리고 나는 엄마 생각을 읽었다.

'자식이 자기 자신을 나쁘게 여기도록 만드는 부모라니. 정말 이해할 수 없어. 루시처럼 똑똑한 딸이 있으면 자랑스러워해야 할 텐데.'

루시 언니는 눈물을 닦은 뒤 가방에서 공책을 꺼냈다. 숫자와 공식이 빼곡 적힌 공책이었다. 끝을 잘근잘근 씹은 연필도 꺼냈다. 그리고 계산을 하기 시작했다. 계산이 끝나자 미소를 지었다. 루시 언니는 정말이지 수학을 아주 잘한다. 루시 언니는 기분이 울적할 때 수학 문제를 풀면서 마음을 달랜다. 우리 아빠도 기분이 나쁘면 소설 쓰기에 집중한다. 엄마는 힘든 일이 있는 날이면 책장을 정리하거나 5킬로미터를 달린다. 그래서 내가 알게 된 게 있다. 일에 집중하거나 자기 자신에게 도움이 되는 무언가를 하는 게 슬픔을 밀어내는 좋은 방법이라는 사실이다.

우리는 **괴물 나라**로 가는 기차를 탔다. 나는 기차가 좋다. 기차에 타면 사람들을 관찰할 수 있다. 아빠는 공공장소에서는 사람을 관찰하는 게 제일 흥미로운 일이라고 했다.

아빠가 말했다. "어떤 사람을 지켜보면서 그 사람의 이야기를 상상해 봐. 누구한테나 각자의 이야기가 있어. 예상 밖의 이야기일 수도 있지. 그래서 어떤 사람이든, 사람은 흥미로워."

나는 기차에서 아빠의 말을 따라 사람을 관찰하기 시작했다! 회색 양복을 입은 남자를 봤다. 지친 모습의 남자는 두꺼운 서류철을 살피고 있었다. 표정은 불안했다. 나는 그의 이야기를 상상했다.

'회사에서는 내가 일을 더 잘하기만 바라겠지. 그렇지만 나는 양복 입기가 정말 싫어. 멀리 달아나서 서커스단에 들어가고 싶어. 광대가 돼서, 묘기를 부리는 단원들과 기린과 코끼리와 함께 세계 곳곳을 돌아다니며 사람들에게 웃음을 선물하고 싶어.'

전부 검은색 옷을 입은 여자도 있었다. 입술도 검게 칠하고, 밝은 오렌지색 머리카락은 삐죽삐죽 세웠다. 코에는 은색 고리가 멋지게 달랑거렸다. 검은색 펜으로 검은색 노트에 뭔가 빠르게 적고 있었다. 나는 그 사람이 가수라고 상상했다. 자기 밴드가 부를 노래 가사를 쓰는 중이다. 헤어진 남자에 대한 이야기고, 연애할 때 남자는 여자한테 겁을 먹는데 그건 여자가 더 성숙하기 때문이라는 내용도 담겨 있다.

멀리 달아나서 서커스단에 들어가고 싶어 하는 남자.

자기가 부를 노래의
가사를 쓰고 있는 가수.

오케스트라를
지휘하고 싶은가 봐!

두꺼운 안경을 쓰고 긴 치마에 붉은색 재킷을 입은 여자도 있었다. 그 굳은 표정을 보며, 나는 그 사람이 교장 선생님이 틀림없다고 상상했다. 표정은 굳었지만, 헤드폰을 쓰고 음악에 맞춰 손을 가볍게 움직이고 있었다.

'오케스트라를 지휘하고 싶은가 봐!'

내가 가까이 있는 사람들을 하나하나 뚫어져라 보고 있자, 엄마가 말했다.

"네 아빠랑 똑같이 늘 사람들을 관찰하네."

나는 엄마한테 물었다. "아빠가 보고 싶어?"

엄마는 고개를 돌렸다. 엄마의 생각이 보였다.

'오로르는 눈치가 너무 빨라.'

엄마는 내 얼굴을 보지 않은 채 말했다.

"네 아빠는 딸들을 무척 사랑하는 좋은 사람이지."

"그런데 왜 엄마는 아빠랑 같이 살지 않아?"

"엄마 괴롭히지 마. 어쨌든 아빠한테는 애인도 있어. 우리한테 올 이유가 없어." 언니가 말했다.

"아빠는 아직 우리를 사랑해."

언니가 낮은 목소리로 무섭게 말했다. "아빠는 너를 더 사랑해!"

엄마도 낮은 목소리로 무섭게 말했다. "그렇지 않아. 그리고 네 아빠가 클로에를 만난 건 내가 네 아빠랑 인생에서 바라는 게 다르

다고 결정한 다음이야."

언니가 엄마한테 말했다. "그것 봐! 우리 가족이 깨진 건 엄마 탓이야."

"그건 엄마한테 불공평한 말이야. 그건 누구의 잘못도 아니야."

엄마는 무척 슬퍼 보였다. 그래도 평소처럼 아주 긍정적인 태도로 슬픈 표정을 씻어내고, 환한 미소를 지으며 말했다.

"괴물 나라로 놀러 가는 즐거운 날에 이런 얘기는 그만하자. 오늘은 루시도 있잖니!"

루시 언니가 어깨를 으쓱하며 말했다.

"괜찮아요. 우리 집도 엉망이에요."

**괴물 나라** 정문은 고래 입 모양이었다. 날카로운 이빨에서 물이 뚝뚝 떨어졌다! 안에서 등이 굽은 남자가 나타나 자신을 콰지모도라고 소개했다. 한쪽 눈을 감고 있고, 얼굴에는 온통 흉터가 있었다. 그가 공원을 안내하겠다고 말하며 에밀리 언니와 루시 언니의 어깨를 감싸자 둘은 비명을 질렀다.

엄마가 물었다. "소설에 나오는 그 콰지모도예요?"

콰지모도가 말했다. "어머니께서 책을 많이 읽으시는군요." 그리고 ≪노트르담 드 파리≫는 자기 이야기가 맞다고 했다.

언니가 말했다. "엄마는 아빠만큼 책을 많이 읽지는 않아요."

"그렇지 않아! 엄마는 책을 아주 좋아해요." 나는 태블릿에 썼다.

언니가 말했다. "책을 더 좋아하는 사람은 아빠야."

"에밀리, 그건 비교할 일이 아니야." 엄마가 말했다.

아저씨는 착한 괴물이에요?

언니가 콰지모도에게 물었다. "아저씨는 착한 괴물이에요?"

콰지모도가 말했다. "나는 괴물이 아니야! 나는 평범해. 외모가 다를 뿐이야."

"맞아요, 콰지모도. 저도 사람들한테서 다르다는 말을 들어요."

"나도!" 루시 언니가 말했다.

에밀리 언니가 콰지모도에게 말했다. "나쁘게 말하려던 건 아니었어요. 여기가 '괴물 나라'니까 저는 그냥……."

엄마가 말했다. "다른 사람에 대해 이야기할 때에는 조심해야 해. 사람을 외모로만 판단하면 안 돼."

루시 언니가 말했다. "저는 너무 잘 알아요!"

콰지모도가 우리를 아주 무서워 보이는 놀이기구로 안내했다. '메두사'라는 놀이기구였다. 투명한 뚜껑이 있는 작은 카트를 타고 어두운 터널로 들어갔다.

몇 분 동안 깜깜해서 아무것도 안 보였다. 그러다가 머리카락이 뱀인 여자 얼굴과 딱 마주쳤다. 언니와 루시 언니가 비명을 질렀다. 엄마가 소리쳤다.

"얼굴을 보면 안 돼! 돌로 변해!"

우리는 모두 눈을 꼭 감았다. 으르렁거리는 소리가 엄청 크게 들려서 눈을 다시 떴다. 메두사가 입을 쩍 벌리고 우리를 잡아먹고 있었다! 그리고 별안간 아래로 휙 떨어졌다! 롤러코스터였다!

깜깜한 어둠 속을 달렸다! 언니들은 진짜로 비명을 질렀다! 엄마도 비명을 질렀다! 나도 비명을 지르듯 입을 크게 벌렸지만, 소리는 나오지 않았다. 밑으로 훅 떨어졌다가 왼쪽으로 홱 꺾일 때 전부 옆으로 튕겨 나가는 줄 알았다. 직진하는구나 싶어 마음을 놓았는데, 느닷없이 메두사가 또 나타났다! 다시 모두가 비명을 질렀다. 내 입에선 소리가 나지 않았지만. 그런 다음에는 트랙을 따라 원을 그리며 빙글빙글 돌았다. 우리는 거꾸로 매달렸다가 내려왔다. 그러자 메두사 네 마리가 달려들고, 우리는 펄쩍 뛰었다. 그러다가…… 순식간에 햇빛 아래로 나왔다. 에밀리와 루시는 신나서 마구 웃었다. 엄마는 유령이라도 본 것 같았다. 아니, 메두사를 여섯 명이나 본 것 같았다. 나는 태블릿에 썼다.

"끝내준다!"

다음은 '키클롭스'였다! 키클롭스는 촉수들이 무시무시하게 달려 있고 이마 한가운데 커다란 눈이 하나만 있는 거인이다. 그 놀이기구 앞에서 또 다른 거인이 우리한테 인사했다. 키가 3미터도 넘고, 얼굴은 메두사를 오랫동안 마주 본 것 같은 모습이었다. 이름은 팡타그뤼엘, 거인 나라의 왕자였다. 키클롭스한테서 우리를 지켜 주겠다고 했다. 키클롭스가 특히 촐싹거리는 편이라나.

팡타그뤼엘은 키클롭스 촉수에 붙은 캡슐 같은 카트로 우리를 안내했다. 엄마는 거기 들어가기 싫다고 했다.

나도 비명을 지르듯 입을 크게 벌렸지만, 소리는 나오지 않았다.

팡타그뤼엘이 우리에게 인사했다.

따님들이 좋아할 겁니다.

엄마가 물었다. "정말 무서운가요?"

팡타그뤼엘이 엄마를 자리에 앉히며 말했다. "따님들이 좋아할 겁니다." 팡타그뤼엘은 우리 모두에게 안전벨트를 매라고 말했다.

엄마가 걱정스러운 말투로 대답했다. "나는 싫어할 것 같은데요."

팡타그뤼엘이 플라스틱 천장을 덮으며 말했다. "어머니의 재미도 잃으면 안 되죠."

엄마가 말했다. "그 말이 불길하게 들리네요." 그렇지만 엄마가 나가기에는 너무 늦었다. 촉수가 갑자기 위로 휙 치솟았다. 키클롭스의 사나운 소리가 캡슐 안을 가득 메웠다. 우리는 땅에서 아주 높이 올라갔다. 사방이 고요해졌다. 우리는 전혀 움직이지 않고 허공에 떠 있었다. 버저 소리가 크게 울리고, 키클롭스가 또 크게 으르렁거렸다. 그러고는 온통 난리가 났다!

캡슐이 공중제비를 돌듯이 빙빙 돌기 시작했다. 우리는 거꾸로 매달렸다가, 옆으로 돌았다가, 또 거꾸로 매달렸다. 네 번을 연속으로 돌았다! 비명이 아까보다 훨씬 커졌다. 엄마는 소리쳤다. "내가 왜 탔을까! 왜!" 나는 태블릿을 꽉 움켜쥐었다. 태블릿이 날아가서 망가지면 안 되니까! 그렇지만 나는 불평하지 않았다! 키클롭스도 끝내주니까!

캡슐이 갑자기 아래로 툭 떨어졌다. 바닥으로 쑥 꺼지는 것 같았다. 그러고는 다시 휙 치솟아서 공중제비를 돌기 시작했다. 대

여섯 번쯤 연속해서 돌았다. 엄마가 소리쳤다. "그만! 이제 그만!" 캡슐이 바닥으로 휙 떨어져서 땅에 부딪히기 직전에 멈췄다.

팡타그뤼엘이 캡슐의 플라스틱 천장을 열면서 크게 말했다. "굉장하죠?"

엄마는 대답하려고 했지만, 말하는 능력을 잃어버린 것 같았다. 그래서 나는 엄마의 눈을 통해 생각을 읽고, 그 생각을 태블릿에 적었다.

"엄마가 되면 이런 일도 해야 한다고 아무도 말해 주지 않았어."

엄마는 내가 쓴 걸 보고 깜짝 놀라고, 목소리를 낮춰 무섭게 말했다. "오로르, 그거 당장 지워."

"남한테 뭘 부탁할 때에는 공손하게 존댓말을 써야 한다고 엄마가 늘 그랬잖아."

엄마가 말했다. "지우세요!" 그렇지만 공손한 말투는 전혀 아니었다.

언니가 말했다. "또 타고 싶다!"

엄마가 말했다. "절대 안 돼."

루시 언니가 말했다. "뭐 좀 먹으면 안 될까요?"

엄마가 루시 언니에게 말했다. "방금 그렇게 휘둘리고 정말 배고파?"

엄마가 되면 이런 일도 해야 한다고 아무도 말해 주지 않았어.

루시 언니가 말했다. "아주 재밌는 일을 했잖아요! 그리고 저는 늘 배고파요. 점심 먹은 뒤에 '미라의 무덤'에 가고 싶어요. 어제 인터넷으로 검색해 봤는데, 거기 꼭 보고 싶은 방이 있어요."

내가 루시 언니한테 어떤 방이냐고 물어보기 전에, 엄마는 우선 수영장에 가자고, 모두 수영복으로 갈아입고 수영하자고 말했다. "괴물 놀이기구들 탄 걸 싹 씻어 내야지."

루시 언니가 말했다. "점심은 나중에 먹어도 될 것 같아요."

모두 수영하러 가자!

수영장으로 가는 길에 엄마는 팡타그뤼엘도 콰지모도처럼 아주 유명한 소설 속 인물이라는 얘기를 들려줬다. 상상력이 뛰어나고 글을 무척 잘 쓰는 라블레라는 작가 덕분에 수백 년 전에 처음 세상에 나왔다고. 메두사는 옛날 신화에 나오는데 메두사의 얼굴을 본 사람은 돌로 변한다고 한다. 키클롭스도 신화 속 인물인데 수천 년 전에 그리스 작가 호메로스가 쓴 〈오디세이〉라는 서사시에도 등장한다고 했다.

　　나는 물었다. "엄마, '신화'가 뭐야?"

　　"신화는 옛날이야기 같은 거야. 아주 먼 옛날에는 신들이 세상을 다스린다고 생각했어. 그래서 옛날 사람들은 세상이 어떻게 만들어졌는지, 신들이 어떻게 세상을 다스렸는지, 신화로 설명했지."

　　"아빠한테 들었어. 옛날에 오로르가 여신이었대."

언니가 말했다. "또 시작이네. 자기가 되게 특별한 줄 알아. 여신이래!"

"그 말은 옳지 않아. 나는 아빠한테서 들은 대로 말한 것뿐이야."

"아빠의 여신이 너니까!"

"그건 사실이 아니야!"

엄마가 말했다. "수없이 말했지만, 아빠는 너희 둘을 똑같이 사랑해."

루시 언니가 뜬금없이 말했다. "아주머니는 책을 많이 아시네요."

나는 루시 언니의 생각을 알 수 있었다. '에밀리가 동생이랑 더 싸우지 않게 뭐든 해야 해!' 엄마는 말싸움이 끊겨서 기뻐하며 미소를 지었다.

"루시, 정말 다정한 말이네."

"사실인걸요. 작가들도 많이 아시고, 책이 없던 시대에 사람들 입으로 전해지던 이야기들도 많이 아시잖아요."

엄마가 말했다. "나는 늘 책 읽기를 좋아했어. 지금도 좋아해."

루시 언니가 물었다. "아주머니도 작가가 되고 싶었어요?"

"나? 그럴 리가. 그렇지만 에밀리와 오로르의 아버지가 진짜 작가여서 좋아. 우리는 늘 책을 읽고 토론도 했는데, 그런 것도 좋았어."

엄마가 고개를 돌렸다. 그렇지만 나는 엄마의 눈으로 생각을 볼수 있었다.

'내가 더 참을걸. 알랭을 밀어내지 말걸.'

언니도 엄마의 눈에서 생각을 읽기라도 한 듯이 엄마 손을 꼭 쥐었고, 수영장으로 가는 내내 엄마 손을 놓지 않았다.

언니가 그렇게 엄마 손을 잡고 있으니 보기 좋았다. 엄마와 언니는 자주 싸웠고, 엄마는 언니가 자기를 정말 싫어하는 게 아닐까 걱정하고 있었으니까. 아빠와 떨어져 살게 된 건 엄마 탓이라고 언니가 계속 불평했기 때문이다. 아빠 집에 갔을 때 언니가 클로에한테 불만을 이야기한 적도 있다. 아빠가 빵을 사러 간 사이에 언니는 클로에한테 엄마가 매사에 너무 걱정이 많고 자기한테 심하게 간섭한다고 말했다. 클로에는 언니를 팔로 감싸고 자기도 열네 살 때 엄마 때문에 화가 났다고 말했다. 그리고 또 말했다.

"나는 너희 엄마를 딱 한 번 만났어. 서로 편한 입장은 아니었지. 그래도 너희 엄마는 아주 친절했어. 그러기는 쉽지 않아. 너희 엄마가 나한테 뭐라고 하셨게? '우리 딸들한테 잘해 줘서 고마워요.' 그런 말을 하려면 용기가 많이 필요해. 나는 생각했어. 나를 차갑게 대하거나 모질게 대할 수도 있는데 이렇게나 친절하다니! 나는 너희 엄마가 좋은 분이라는 걸 알 수 있었어. 에밀리가 지금 엄마 때문에 짜증이 날 수도 있지만, 누구나 엄마한테 그런 기분을 느낄 때가 있어. 그래도 너희 엄마가 늘 화를 내기만 하는 건 아니잖니. 그렇지?"

언니가 엄마 손을 꼭 쥐었다.

언니가 고개를 끄덕였다.

"그래, 에밀리는 운이 아주 좋은 거야! 우리 엄마는 늘 화를 냈어. 어떤 일에서도, 어떤 사람에게서도 좋은 면을 보지 않았어. 너희 엄마는 힘들 때도 미소를 잃지 않잖아. 그건 아무나 할 수 있는 일이 아니야. 소중한 능력이야."

수영장으로 가는 동안 엄마 손을 잡은 언니의 눈으로 생각이 보였다.

'불쌍한 엄마. 엄마는 정말 고생하고 있어. 피에르 아저씨를 엄마한테서 떼어낼 수 있으면 얼마나 좋을까. 피에르 아저씨는 착하지만 재미없어. 엄마한테는 더 재미있는 사람이 필요해. 아빠 같은……'

수영장과 가까워지자 목소리들이 들렸다. 여자들 목소리. 날개가 달리고 코가 부리 같고 키가 큰 여자들이 넷 있었다! 여자들은 하프를 들고 노래를 불렀다. 같이 배를 타고 멀리 가자는 노래를. 그리고 사람이 앞에 다가오면, 남자인지 여자인지에 따라서 각각 다른 탈의실을 손가락으로 가리켰다.

엄마가 말했다. "저 여자들은 세이렌이야. 고대 그리스 사람들은 세이렌을 위험한 존재라고 생각했어. 남자들을 유혹해서 선택됐다고 생각하게 만든 뒤에 죽게 만든대."

내가 물었다. "선택된다는 게 무슨 뜻이야?"

언니가 말했다. "애인이 될 가능성이 생기는 거지. 그래봤자 골치 아픈 문제만 생기겠지만."

"애인이 되면 골치 아픈 일이 생겨?"

루시 언니가 말했다. "우리 엄마가 늘 하는 말이야. 그렇지만 엄마는 좋은 남자를 한 번도 못 만났어."

엄마가 애써 미소를 지은 채 말했다. "그 얘기는 그만하고 수영하러 가자!"

수영장에 정말로 용들이 떠 있었다!

나는 그렇게 커다란 수영장은 처음 봤다. 수영장에 정말로 용들
이 떠 있었다!

　사람들은 용 근처에서 수영을 했는데, 아주 가까이 가면 용이
입에서 불을 뿜었다! 사람들은 용 가까이로 가려고 애썼다. 엄마
가 말했다. "불놀이네!"

　수영장 물은 파란색이었다. 엄마가 하얀 침대 시트를 빨 때 쓰
는 표백제 냄새가 났다. 언니들은 곧장 물에 뛰어들었다. 엄마
가 나도 수영장에 들어가라고 했다. 그렇지만 나는 태블릿을 두
고 가기 싫었다. 누가 실수로 내 태블릿을 발로 차면 어떻게 하
는가.

　"태블릿은 엄마가 가지고 있을게."

　"그럼 엄마가 수영을 못하잖아."

"네가 먼저 한 다음에."

"엄마는 늘 우리가 우선이래. 정말 좋은 엄마야."

엄마가 환하게 웃었다.


나는 평영을 좋아한다. 조지안느 선생님은 물에서 미끄러지듯 나아가는 개구리를 생각하라고 말했다. 양팔은 앞으로 쭉 뻗어서 양쪽으로 물을 밀고, 발로 물을 찬다. 자유형도 배영도 해 봤는데, 평영이 제일 좋다. 개구리는 물에서 빨리 헤엄치면서도 주위 모든 걸 지켜보고 알 수 있으니까.

나는 수영장 한가운데로 나아가면서 앞을 보고 있었다. 그런데 물속 깊이 들어가던 루시 언니가 갑자기 안절부절못했다. 언니가 루시 언니를 바로 눕혀서 손을 잡고 헤엄쳐, 엄마가 앉아 있던 곳까지 데려갔다. 그렇지만 엄마는 이제 앉아 있지 않고, 걱정하는 얼굴로 일어서 있었다.

엄마는 언니가 루시 언니를 안전한 곳에 끌어올리고 내가 뒤따라오는 걸 지켜보았다. 나는 언니가 지치면 도우려고 가까이 있었지만, 언니는 혼자 힘으로 친구를 구하기로 굳게 마음먹은 것 같았다.

루시 언니가 물 밖으로 나가자, 엄마가 물었다. "무슨 일이니?"

루시 언니가 말했다. "갑자기 무서워서 움직일 수 없었어요. 수 어떻게 헤엄치냐고?

나는 개구리헤엄을 좋아해!

영하기에는 제 몸이 너무 커요."

엄마가 말했다. "그렇게 생각하지 마. 누구나 가끔 겁먹을 때가
있어."

엄마가 우리 셋에게 수건을 건넸다. 나는 몸을 닦은 뒤에 태블
릿을 집었다.

"엄마, 언니랑 수영해. 나는 루시 언니랑 놀고 있을게."

엄마는 물속에 들어가서 아주 즐거워했다. 엄마와 언니는 가운
데로 수영해 갔고, 언니가 용 바로 앞까지 갔다! 나와 수영장 바깥
에 나란히 앉은 루시 언니는 용이 입으로 불을 뿜는 걸 보며 고개
를 가로저었다.

루시 언니가 말했다. "나도 에밀리처럼 날씬하고 용감하면 얼마
나 좋을까."

"루시 언니도 아주 용감해. 그리고 누구나 날씬해야 하는 건 아니야."

갑자기 뒤에서 말소리가 들렸다.

"코끼리가 저능아랑 얘기하고 있네!"

도로테! 그리고 잔혹이들까지! 우리는 포위되었다. 루시 언니는
겁먹은 표정이었다. 나는 태블릿에 적었다.

"늘 무리 지어서 다녀야 하지? 그래야 힘 있다고 느낄 수 있으니까."

도로테가 말했다. "말도 못하는 바보가 무슨 생각을 하건 내가
신경이나 쓸 것 같아?"

수영하기에는 내 몸이 너무 커.

엄마는 물속에 들어가서
아주 즐거워했다.

햇빛에 내놓은 치즈 덩어리 같네.

그리고 도로테는 루시 언니에게 말했다. "햇빛에 내놓은 치즈 덩어리 같네."

루시 언니가 일어섰다. 뺨에 눈물이 흘렀다.

나는 재빨리 태블릿을 도로테 눈앞으로 들어 올렸다.

"잔인하게 행동하면 어른이 된 것 같지? 그렇지만 유치한 게 더 드러날 뿐이야."

도로테가 내 태블릿을 뺏으려 했다. 나는 태블릿을 꽉 쥐었다.

루시 언니가 도로테와 나 사이에 서서 말했다. "그만해."

잔혹이들 중 한 명이 휴대폰 카메라로 루시 언니를 찍었다.

도로테가 말했다. "그 사진, 지금 당장 페이스북에 올려! 수영복 입은 저 못생긴 모습을 세상에 알리자!"

루시 언니가 갑자기 도로테의 수영복을 잡더니 휙 돌려서 수영장에 내던졌다. 그리고 탈의실 쪽으로 달려갔다. 도로테는 수영장에서 빠져나와 물을 뚝뚝 떨어뜨리며 나를 가리켰다.

"저 태블릿 부숴 버려!"

도로테가 잔혹이들에게 소리쳤지만, 나는 벌써 루시 언니를 뒤쫓아서 달리고 있었다.

탈의실 앞 식당에는 사람이 많았다. 루시 언니가 보이지 않았다. 잔혹이들이 나를 잡으려고 소리쳤다. 다른 쪽으로 유인하는 게 좋을 것 같았다. 나는 사람들 사이를 빠져나가며 달렸다. 뒤에

서 도로테와 잔혹이들이 쫓아왔다. 식당 문 가까이 왔을 때, 몸을 숙이고 다른 방향으로 내달렸다. 사람들 몸에 부딪히면서도 최대한 빨리 달렸다. 최대한 큰 글자로 쓴 태블릿도 위로 쳐들었다.

"나는 목소리가 안 나와요. 사라진 친구를 찾고 있어요!"

사람들이 재빨리 길을 내줬다. 나는 곧바로 탈의실로 달려갈 수 있었다. 탈의실에도 루시 언니는 없었다. 루시 언니의 옷이 들어 있던 사물함은 비어 있었다. 밖으로 나갔나 봐. 오브가 여기 있으면 얼마나 좋을까. 그러면 2인용 자전거를 타고 오브와 함께 루시 언니를 찾아볼 텐데. 그렇지만 오브를 여기 데려오려면 우선 내가 **참깨 세상**에 가야 한다. 시간이 없었다! 더구나 도로테와 잔혹이들이 수영장 밖으로 달려가고 있었다. 이러다가 잔혹이들이 루시 언니를 따라잡겠다. 그래도 루시 언니는 잡히기 전에 자취를 감췄고, 경비원들이 도로테와 잔혹이들을 막았다. 곧 벌어질 괴물 퍼레이드 준비 때문이었다.

거인들, 메두사, 키클롭스, 거대한 위 모양에 다리가 셋 달린 괴물이 걸어가고 있었다. 도로테는 사방을 둘러보며 루시 언니를 찾았다. 그러다가 나를 봤다. 도로테는 잔혹이들한테 루시 언니를 뒤쫓으라고 소리치고, 나한테 다가오기 시작했다. 나는 오른쪽으

로 도망쳤다. 다리 달린 위 괴물과 부딪칠 뻔했다! 멀리서 비명이 몹시 크게 들렸다. 괴물 퍼레이드 때문에 시끄러운데도 사람들 귀에 다 들릴 만큼 큰 비명이었다. 경비원 두 명이 정문 방향으로 뛰기 시작했다. 나도 정문으로 갔다. 틀림없이 루시 언니의 비명이었다.

다리 달린 위 괴물과 부딪칠 뻔했다!

정문으로 가자 사람들이 둘러서 있었다. 사람들이 에워싼 건 엄청나게 겁먹은 남자였다. 예순다섯 살인 우리 외할아버지랑 나이가 비슷해 보였다. 피부색은 검고, 눈 하나는 유리알 같았다. 얼굴 한쪽은 온통 흉터였다. 심한 흉터 때문에 처음에는 무서웠다. 그런데 오히려 할아버지의 눈에 두려움이 가득했다. 친구가 필요한 듯 나를 똑바로 바라봤다. 나는 할아버지에게 미소를 지었다. 한 경비원이 소리쳤다.

"왜 쟤를 노려봐? 겁주려고 그러는 거야?"

다른 경비원이 갑자기 할아버지의 팔을 잡고 뒤로 꺾어서 수갑을 채웠다.

할아버지가 소리쳤다. "나는 아무 짓도 안 했어! 아무 짓도 안 했다고!"

친구가 필요한 듯 나를 똑바로 바라봤다.

경비원이 팔을 더 세게 꺾으면서 심한 말을 했다.

"닥쳐!"

잔혹이들 중 한 명인 마르졸렌이 경비원들한테 소리쳤다.

"저 괴물이 여자애를 붙잡으려고 했어요. 그래서 걔가 도망쳤어요!"

할아버지가 받아쳤다. "거짓말이야!"

나는 할아버지의 생각을 읽었다.

'또 시작이야! 내가 하지도 않은 일을 했다고 뒤집어씌워! 이게 다 내 피부, 내 얼굴 때문이야.'

멀리서 사이렌 소리가 들렸다. 경찰차가 오고 있었다.

"이 남자한테 잡힐 뻔한 아이는 어디로 갔지?"

마르졸렌이 답했다. "여기서 나가서 기차역 쪽으로 갔어요."

잔혹이들 중 한 명인 수잔이 고개를 돌렸다. 수잔은 도로테 일당 중에서는 조용한 편으로, '잔혹이들'에 끼고 싶지는 않지만 어울릴 친구들이 필요해서 끼어 있었다. 수잔은 마르졸렌의 거짓말 때문에 마음이 편하지 않았다. 마르졸렌의 말이 거짓말인지 어떻게 알았느냐고? 내가 수잔의 생각을 읽었으니까!

'마르졸렌이 사실을 말해야 했는데……. 루시는 기차역이 아니라 공원으로 달려갔어. 그리고 저 할아버지는 루시를 건드리지도 않았어. 내가 다 봤어.'

나는 태블릿에 커다랗게 글자를 썼다.

"사실을 말해!"

그리고 수잔의 눈에 보이게 태블릿을 높이 들었다. 수잔이 하얗게 질렸다. 내 글을 본 마르졸렌도 하얗게 질렸다. 그러더니 수잔 옆으로 가서 성난 표정을 짓고 수잔한테 귓속말을 했다. 자기와 다른 말을 하면 도로테가 가만두지 않을 거라고.

뒤에서 엄마가 내 이름을 연거푸 큰소리로 불렀다. 돌아서자, 엄마와 언니가 물을 뚝뚝 떨어뜨리며 다가오고 있었다.

엄마가 말했다. "루시가 쫓기는 걸 보고 여기로 달려왔어. 무슨 일이니?"

나는 그사이에 벌어진 일들을 간략히 적어서 보여 줬다.

언니가 말했다. "당장 루시를 찾아야 해!"

뒤에서 도로테의 목소리가 들렸다. 도로테가 나한테 손가락질하며 말했다.

"쟤랑 한패인 풍보가 나를 공격했어요. 나한테 욕했어요."

언니가 소리쳤다. "이 거짓말쟁이! 아니에요, 쟤야말로 학교에서 약한 애들을 괴롭히는 못된 애예요!"

언니가 다시 소리쳤다. "지금은 루시를 찾는 게 중요해! 루시를

본 사람이 있을 거야!"

마르졸렌이 말했다. "저 남자가 루시를 만지려고 했어요! 그래서 루시가 공원 밖으로 도망쳤어요."

나는 수잔의 눈앞에 다시 태블릿을 보여 줬다.


"사실을 말해!"


"누가 거짓말을 하고 있니?"

여자 경찰관이 우리에게 다가오며 물었다. 차분하고 분명한 말투였다. 이 사람한테 빨리 사실을 전하고 싶은데 어쩌지? 경찰관은 모든 사람들을 날카로운 눈으로 보며, 어떻게 된 일인지 제대로 알아내려 했다. 세상을 보는 방식이 나랑 비슷해! 명찰에 이름이 있었다. 세믈러. 옆에는 더 젊은 남자 경찰관도 있었다. 주근깨가 있는 그 경찰관은 내 언니 또래로 보였다. 그렇지만 열네 살에 경찰관이 될 수는 없겠지! 명찰에 적힌 이름은 가르니에였다. 나는 태블릿에 글을 적어서 세믈러 경관에게 보였다.

"루시 언니는 공원 안으로 달려갔고, 저 할아버지는 루시 언니한테 손대지 않았어요!"

세믈러 경관이 말했다. "넌 이름이 뭐니?"

내 이름을 알려 줬다.

"거기에 쓰는 글로만 대화할 수 있니?"

"이건 태블릿이라고 해요. 그리고 네, 저는 태블릿으로 말해요. 그렇지만 저한테는 신비한 힘이 있어요. 사람들 생각을 읽어요!"

세믈러 경관이 말했다. "정말?"

"사실이에요! 오로르는 사람들 생각을 다 알아요!"

그 말을 한 사람은 우리 엄마였다. 엄마가 내 비밀을 어떻게 알았지?

세믈러 경관이 말했다. "혹시 어머니신가요?"

내가 적었다. "경관님도 아주 빨리 꿰뚫어 보시네요."

"네, 제가 애 엄마예요. 그리고 사라진 아이의 이름은 루시고, 우리 큰딸이랑 제일 친한 친구예요. 저는 루시를 무사히 집에 데려가야 해요. 안 그러면 루시 어머니를 볼 낯이 없어요."

세믈러 경관이 물었다. "루시는 왜 달아났나요?"

언니가 대답했다. "얘네가 루시를 괴롭혔어요. 학교에서 하던 대로 아주 심한 말을 했어요!"

도로테가 끼어들었다. "그 못생긴 코끼리가 나를 풀장에 던졌다고요!"

그때까지 말이 없던 가르니에 경관이 도로테 앞에 서더니 아주 차분한 목소리로 물었다.

"평소에도 친구를 그렇게 불러? 코끼리라고?"

직접 눈으로 봤니?

도로테는 그제야 자신이 생각 없이 말했다는 걸 깨달았다. 조지안느 선생님이 그랬다. 아빠 소설에는 나쁜 짓을 저지른 사람이 자기 입으로 자기 죄를 밝히는 이야기가 꼭 나온다고. 나쁜 사람이 자기 안에 있는 악의를 숨기지 못하기 때문이라고. 도로테는 얼른 자기 실수를 무마하려 했다.

"코끼리라고 부르는 건 루시가 코끼리를 아주 좋아하기 때문이에요. 서커스에 나오는 동물들 중에 루시가 제일 좋아하는 게 코끼리예요."

언니가 소리쳤다. "이 거짓말쟁이! 쟤들은 그래서 루시를 코끼리라고 부르는 게 아녜요. 몸이 조금 크다고 못되게 괴롭히는 거예요. 쟤들은 루시가 자기 자신을 미워하게 만들려고 해요! 못된 애들이니까요!"

나는 언니가 정말 자랑스러웠다. 엄마도 언니가 자랑스러운지 언니의 허리를 팔로 감쌌다. 그렇지만 나는 등 뒤로 양손에 수갑이 채워진 남자, 얼굴 한쪽이 온통 흉터인 할아버지가 걱정됐다.

나는 그 사람을 가리키며 세믈러 경관한테 태블릿을 보여 줬다. "저분은 아무 잘못도 없어요. 수갑을 풀어야 해요."

마르졸렌이 말했다. "비명 소리가 들렸어요! 루시가 저 남자한테서 달아나는 것도 봤어요. 저 남자가 루시를 겁줬어요."

가르니에 경관이 물었다. "루시한테 손대는 걸 직접 눈으로 봤니?"

마르졸렌이 땅을 내려다봤다. 조지안느 선생님한테서 들은 얘기가 생각났다. 선생님이 우리 아빠 책에서 봤는데, 사람은 진실을 말할 수 없을 때에 상대의 얼굴을 똑바로 보지 못한다고 했다. 가르니에 경관은 마르졸렌이 자기 눈을 피하는 걸 알아채고, 마르졸렌한테 다시 물었다.

"직접 눈으로 봤니?"

마르졸렌은 도로테를 흘끔 돌아보았다. 어떻게 해야 할지 우두머리한테서 지시를 받으려는 것이다.

도로테는 마르졸렌한테 진짜로 성난 표정을 지었다. 도로테가 마르졸렌한테 표정으로 전하는 말을 나는 읽을 수 있었다.

'이제 와서 말을 바꾸면, 너 때문에 우리가 다 망하는 거야.'

마르졸렌이 여전히 땅을 내려다본 채 말했다. "네, 손대는 걸 봤어요."

가르니에 경관이 세믈러 경관이랑 눈빛을 주고받았다. 세믈러 경관이 마르졸렌에게 다가왔다.

"이름을 말해 봐. 성까지 다."

마르졸렌이 세믈러 경관한테 말했다. 세믈러 경관이 수첩을 꺼내서 받아쓰고, 마르졸렌의 보호자 연락처도 물어본 뒤에 그것도 적었다. 가르니에 경관은 도로테와 수잔한테도 똑같은 걸 묻고 역시 수첩에 적었다.

세믈러 경관이 말했다. "자, 마르졸렌. 잘 들어. 아주 나쁜 일을 했다고 어떤 사람을 고발하는 건 아주 심각한 일이야. 그리고 자기 자신과 연관된 사람의 눈치를 보느라 거짓말로 다른 사람을 고발하는 건 아주 잘못된 일이야. 고발된 사람한테 피해를 주기 때문이지. 그리고 그건 너 자신에게도 피해가 돼. 네가 아주 커다란 곤경에 빠질 수도 있으니까."

마르졸렌은 또 땅을 내려다봤다. 입술은 떨리고, 눈은 겁에 질려 있었다.

"루시의 비명만 들었어요. 그리고 저 할아버지의 무서운 얼굴이 보였어요. 루시는 사라지고, 저 할아버지만 남아 있었어요."

가르니에 경관이 물었다. "루시의 비명을 들은 때랑 저분이 혼자 있는 걸 본 때의 시간 간격은 얼마나 되지?"

마르졸렌은 울음을 참느라 꺽꺽거렸다. 마르졸렌은 생각했다. '사실대로 말해야 해. 안 그러면 큰일 나.'

"그렇게 길지 않아요."

세믈러 경관이 물었다. "몇 분?"

"몇 초밖에 안 돼요."

세믈러 경관이 경비원들에게 수갑을 풀라고 말했다. 세믈러 경관은 내 영웅이다! 세믈러 경관은 수갑이 풀린 할아버지의 어깨에 손을 얹고 사과했다. 할아버지는 아직 몹시 언짢은 표정이었지만,

세믈러 경관에게 고개를 끄덕였다. 세믈러 경관이 이름을 묻고 공원에서 무슨 일을 하는지도 물었다.

나는 가까이에서 귀를 기울였다. 이름은 마무드, 정원사였다. 잔디를 푸르게 가꾸고 **괴물 나라** 안팎 공원에서 꽃을 아름답게 돌보는 일을 한다고 했다.

세믈러 경관이 말했다. "큰 실례를 무릅쓰고 여쭙겠습니다. 얼굴은 왜 그렇게 됐는지 알 수 있을까요?"

"오래전에 교통사고를 당했어요."

"힘드셨겠어요."

"익숙해져서 괜찮아요. 하지만 흉터 때문에 사람들이 겁을 내죠. 그 여자아이도 겁을 냈어요."

"어떻게요?"

"그 아이는 마구 달아나고 있었어요. 누구한테 쫓기는 것 같았죠. 그러다가 내 얼굴을 보고 비명을 지르고 또 달려갔어요."

"어디로 달려갔나요?"

"공원 안쪽으로 갔어요. 저 애들은 경비원한테 기차역으로 갔다고 했지만, 그렇지 않습니다."

마무드가 잔혹이들을 가리키자, 수잔은 땅을 내려다봤다. 자기 잘못을 모두에게 인정한 셈이었다. 다른 사람을 괴롭히는 사람들은 자기가 저지른 나쁜 짓을 마주해야 할 때, 늘 땅바닥을 내려다본다. 보이지 않게 사라지고 싶은 것이다.

세믈러 경관이 수잔에게 다가갔다.

"저분 말이 사실이니? 루시가 공원으로 달려갔는데, 기차역으로 갔다고 말했어?"

수잔은 계속 땅만 봤다. 나는 수잔의 생각을 읽었다. '어떡하지? 사실대로 말하면 도로테가 나를 괴롭힐 텐데.'

나는 얼른 태블릿에 글을 써서 머리 위로 들고, 수잔 귀에도 들릴 만큼 크게 헛기침을 했다. 수잔이 내 글을 봤다.

"사실을 말하면 우리가 보호할게."

그러자 놀라운 일이 벌어졌다. 수잔은 여전히 겁먹은 표정이었지만 나를 보며 고개를 끄덕이고, 도로테를 보며 '이제 너한테 휘둘리지 않아. 나는 너 같은 사람이 되기 싫어!' 하는 표정을 지었다. 나는 도로테가 겁먹은 모습을 처음 봤다. 수잔이 말했다.

"네, 제가 거짓말했어요. 불쌍한 루시는 기차역으로 간 게 아니라 공원으로 갔어요. 저 할아버지는 루시한테 손끝도 안 댔어요. 제가 거짓말했어요! 제가 정말 잘못했어요. 그렇지만 무서웠어요. 제가 사실대로 말해서 루시가 공원에서 발견되면, 루시는 우리 때문에 학교 안에서나 밖에서나 얼마나 시달렸는지 사람들한테 얘기할 테니까, 그게 무서웠어요. 그리고 루시가 도로테를 풀장에 빠트린 건 도로테가 먼저 루시한테 아주 심한 말을 했기 때문이에요. 저희는

몇 달 동안 그렇게 루시를 괴롭혔어요. 저희가 나쁜 짓을 했어요."

수잔은 울기 시작했다. 언니가 수잔한테 다가가서 수잔을 껴안으며 위로했다. 언니도 오랫동안 수잔한테 시달린 걸 생각하면, 언니의 행동은 아주아주 멋졌다.

언니가 수잔에게 말했다. "이제부터라도 우린 친구가 될 수 있어. 진짜 친구."

그사이 세블러 경관은 모두에게 각기 할 일을 지시하면서 상황을 지휘했다. 가르니에 경관에게 도로테와 마르졸렌과 수잔을 경찰서로 데려가서 진술을 받고, 보호자에게 연락해서 걔들이 무슨 짓을 했는지 알리라고 했다. 도로테 일당은 불만스러운 표정이었다. 세블러 경관은 우리 엄마한테 부탁했다. 루시의 부모에게 연락해서, 루시가 사라졌지만 경찰이 최선을 다하고 있으니 곧 찾을 수 있을 거라고 말해 달라고. 그리고 무전기로 경찰관을 놀이동산에 더 많이 보내라고 말하고, 마무드에게도 도와달라고 했다. 루시가 숨을 만한 곳을 마무드가 잘 알고 있을 테니까.

마무드가 말했다. "이 놀이동산 구석구석 모르는 데가 없죠. 지난 20년 동안 매일 아침 6시 반부터 여기서 일했어요."

나는 태블릿을 쳐들었다.

"저도 돕고 싶어요."

세블러 경관이 말했다. "어머니랑 같이 집에 가는 게 좋겠어. 밤

늦게까지 수색을 계속할 수도 있어."

"제 신비한 능력으로 일을 빨리 해결할 수 있어요!"

세플러 경관은 우리 엄마한테 주소와 전화번호를 묻고 받아썼다.

세플러 경관이 나에게 말했다. "신비한 힘이 필요하면 전화할게." 그렇지만 그 말은 사실, 내가 너무 어려서 도움이 되지 않는다는 뜻이었다. 열한 살이면 어리지 않다! 그리고 남을 돕는 건 내가 제일 잘하는 일이다!

집에 돌아와서도 엄마는 안절부절못했다. 루시가 사라진 건 자기 탓이라며, 루시 옆에서 잠시도 떨어지지 않았어야 한다고 말했다. 언니도 속상한 얼굴로 말했다.

"도로테 일당이 나타났을 때 내가 옆에서 루시 편이 되어 줬으면 이런 일은 없었을 텐데."

내가 태블릿에 적었다. "그건 알 수 없는 일이야. 내가 루시 언니 옆에 있었지만 걔네들은 이미 못된 짓을 하기로 작정하고 있었어. 도로테가 다른 애들한테 내 태블릿을 뺏어서 부수라고 명령하기도 했어! 그러니까 언니는 자기 자신을 탓하지 마. 엄마도."

엄마가 말했다. "남을 괴롭히는 사람들이 왜 문제인지 아니? 이렇게 피해자들이 죄책감을 느끼게 만들거든. 오히려 잘못이 피해자 자신에게 있는 것처럼 생각하게 만들어."

루시 언니의 엄마도 우리 엄마를 그렇게 대했다. 엄마는 기차를 타고 돌아오는 내내 루시 언니의 엄마인 마르틴느 아주머니에게 계속 전화했지만 전화기가 꺼져 있었다. 문자 메시지도 많이 보냈다. 집에 돌아와서도 문자 메시지를 보냈다. 엄마는 마르틴느 아주머니의 미용실로 가서 직접 소식을 전하겠다고 했다. 루시를 찾으러 **괴물 나라**에 같이 가 보자고 말해야겠다고.

나는 엄마한테 미용실에 같이 가자고 했다. 언니도 같이 가겠다고 했다. 엄마는 혼자 가서 엄마들끼리 말하는 게 좋겠다고 했다.

언니가 말했다. "루시 엄마가 엄마를 괴롭힐 걸. 루시 엄마는 주변 사람들을 다 괴롭혀. 특히 루시를 괴롭혀! 엄마 혼자 가면 안 돼."

"나도 언니랑 같은 생각이야. 다 같이 가야 해."

엄마는 언니와 나를 보며 미소를 지은 채 말했다. "우리 셋 중에 누가 엄마지?"

미용실에 엄마랑 같이 가서 다행이었다. 소식을 듣자, 마르틴느 아주머니는 아주 못되게 행동했기 때문이다.

아주머니는 잠을 제대로 못 자는 것처럼 깡말랐다. 분홍색 바지에 딱 붙는 분홍색 티셔츠를 입고 미용실 앞에서 담배에 불을 붙이고 있었다. 방금 한 개비를 피우고 연달아 또 피우려는 것이었다.

"루시는?" 마르틴느 아주머니의 목소리는 벌써 화가 난 것 같았다.

루시 언니의 엄마. 마르틴느.

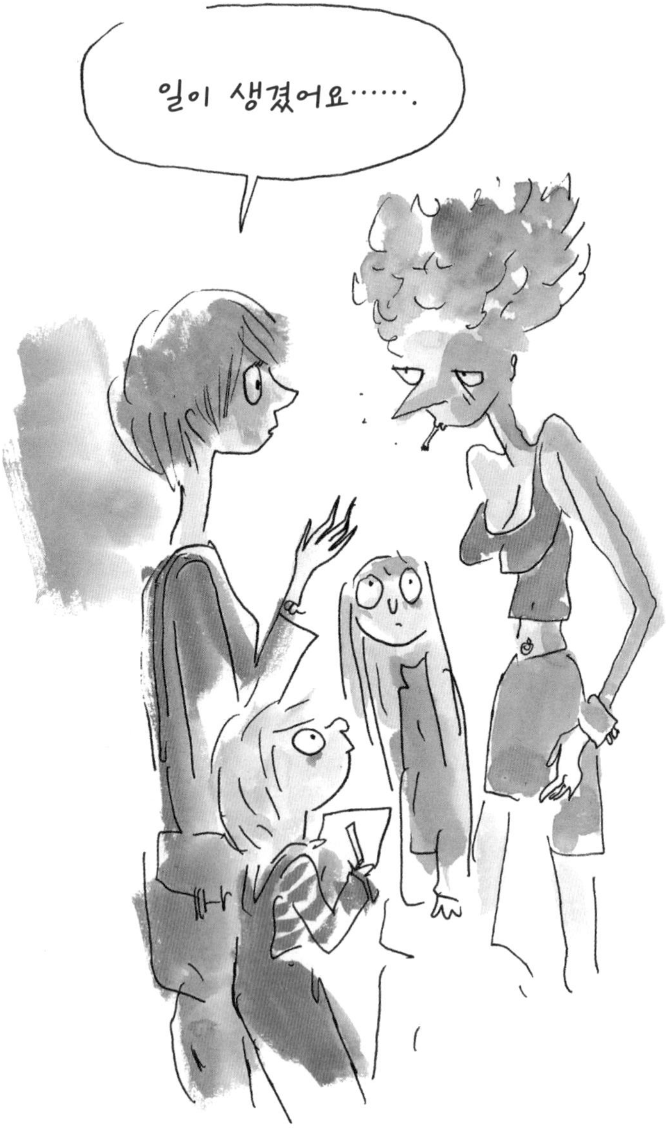
일이 생겼어요…….

"일이 생겼어요." 엄마는 그날 있었던 일들을 들려주었다. 마르틴느 아주머니는 비명을 지르고 엄마한테 마구 욕을 퍼부었다. 여기에는 차마 쓰지도 못할 욕들을! 그러면서 엄마랑 언니를 겁주는 말도 했다.

"루시를 잃어버려? 다 당신 탓이야! 루시가 내일까지 못 돌아오면, 은행에서도 잘리게 만들겠어! 엄마 자격이 없는 사람이니까 딸들을 전남편이 데려가게 만들겠어! 무책임하고 멍청하고, 믿어서는 안 되는 사람이니까!"

나는 정말 빨리 글을 적어서 태블릿을 아주머니 앞에 내밀었다.

"우리 엄마는 최고예요. 루시 언니는 자기 엄마가 자기를 좋아하지 않는다고 자주 말했어요! 루시 언니 몸을 싫어하잖아요! 그리고 아주머니처럼 남을 괴롭히는 사람들 때문에 루시 언니가 사라진 거예요!"

"감히 어디서!" 아주머니가 소리쳤다. 게다가 나를 때리려고 했다! 아주머니의 손이 내 뺨에 닿기 전에 언니가 막았다. 그때 우리 옆에 누가 오토바이를 세웠다. 멋진 가죽점퍼를 입고 검은 선글라스를 쓴, 목에는 커다란 뱀 문신이 있는 여자였다. 그 사람은 급하게 다가와서는 아주머니에게 말했다.

"마르틴느, 제정신이야? 어린애를 때리려고 해?"

"루시가 없어졌어! 그런데 얘가 나한테 나쁜 엄마래!"

엄마는 그 사람에게 어떻게 된 일인지 설명했다. 그 사람의 이름은 폼이고, 엄마가 다니는 은행 고객이어서 엄마도 아는 사이였다. 폼은 놀라서 마르틴느 아주머니의 어깨에 손을 얹고 말했다.

"어서 내 오토바이에 타. **괴물 나라**까지 쏜살같이 데려다줄게. 같이 루시를 찾아보자. 그 전에 오로르랑 오로르 어머니, 에밀리한테 사과부터 해."

내가 적었다. "제 이름을 아시네요!"

"오로르를 모르는 사람은 없지! 자, 여기 마르틴느가 할 말이 있을 거야."

"어린애한테 엄마 노릇을 제대로 못한다는 말을 듣고 내가 가만히 있을 거 같아? 게다가 저 여자는…… 절대 가만두지 않을 거야……."

폼이 말했다. "그만! 더 말하지 마. 좋은 엄마를 협박해? 너는 그럴 자격이 없는 사람이야. 그리고 오로르를 때리려고 했잖아! 그것만으로도 감옥에 갈 수 있어!"

마르틴느 아주머니는 한 대 맞은 듯한 모습이었다. 고개를 숙이고 흐느끼기 시작했다.

아주머니가 나에게 나직이 말했다. "미안해. 나는 사람들한테 무턱대고 화를 내. 특히 내 딸한테."

폼이 말했다. "앞으로는 절대 그러지 마."

아주머니가 말했다. "노력할게." 아주머니가 돌아서서 담배에 불을 붙이는 사이, 폼은 우리 엄마한테 속삭였다.

"마르틴느는 불행해요. 지금도 불행하고, 행복한 적이 한 번도 없었죠. 그렇지만 그게 변명이 될 수는 없어요. 마르틴느는 늘 말하죠. 루시가 날씬해지면 루시한테 잘하겠다고. 그렇지만 루시가 어떤 모습이든, 마르틴느는 루시한테 잘할 리 없어요. 마르틴느는 열일곱 살에 갑자기 루시를 낳고, 자기 딸인 루시를 볼 때마다 딸 때문에 자신의 어리고 젊은 시절을 잃어버렸다고 생각하니까요."

집으로 돌아와서, 은하수를 크게 그린 카드를 만들었다. 카드에 글도 썼다.

나를 항상 지켜 주는 언니가 최고야!

나는 언니의 방으로 갔다. 문은 열려 있었다. 언니는 헤드폰을 쓰고 페이스타임을 하면서 친구랑 노래를 부르고 있었다. 휴대폰 속의 친구도 같은 노래를 부르고 있었다. 나는 언니 손에 카드를 쥐여 줬다. 언니가 카드를 읽고 내 뺨에 뽀뽀했다. 그리고 다시 페이스타임을 하며 노래를 불렀다. 나는 언니와 놀고 싶었지만, 하루 동안 많은 일을 겪었으니 친구와 쉴 시간이 필요하리라 생각했다. 휴대폰 액정으로 만나는 파리에 사는 친구라 해도……

엄마는 주방에서 오락가락하며 전화로 아빠에게 오늘 일들을 이야기하고 있었다. 아빠는 당장 지하철과 기차를 타고 우리에게 오겠다고 했다. 지금이야말로 힘을 합해야 할 때라고. 그 말을 들은 엄마의 얼굴에 미소가 떠올랐다.

아빠가 오고 있어! 우리는 다시 한 가족이 돼! 몇 시간만이라도!

엄마는 수화기를 내려놓고 주방 창가에 기대서 고개를 절레절레 흔들며 입술을 깨물었다. 엄마의 생각이 보였다.

'사람들은 루시가 사라진 게 내 탓이라고 생각하겠지. 대답하기 곤란한 질문들이 쏟아질 거야. 모두 내가 루시를 제대로 돌보지 않았다고 생각할 거야. 나는 평생 죄책감을 느끼겠지.'

나는 엄마한테 달려가서 양팔로 엄마를 안았다.

"아무도 엄마 탓이라고 생각하지 않아! 내가 꼭 진실을 밝힐게!"

엄마는 눈이 휘둥그레져서 물었다. "내 생각을 어떻게 알았니?"

나는 생각했다. 내 신비한 능력을 마침내 엄마한테 알릴 때가 됐나? 그렇지만 그때 엄마의 전화기가 울렸다. 엄마는 얼른 전화를 받았다.

엄마가 나한테 속삭였다. "경찰이야." 엄마는 통화에 집중했다. 전화한 남자의 목소리는 아주 직설적이고 권위적이었다. 통화를 마친 뒤에 엄마가 나에게 말했다.

"루시를 아직 못 찾았대. 주베 형사라는 분이 사건을 맡았는데, 지금 우리 집으로 오고 있대! 나를 탓할 게 분명해!"

"엄마를 탓하게 두지 않을 거야!"

사람들은 루시가 사라진 게 내 탓이라고 생각하겠지.

엄마는 정말 걱정에 싸여 있었다. 피에르에게 전화해서 어떻게 해야 할지 물어보겠다고 했다.

"피에르 아저씨는 경찰과 이야기하는 법을 알아?"

"물론 모르지! 그래도 걱정하지 않아도 된다는 말을 해 줄 테고, 지금 나한테는 그런 위로가 필요해."

"형사와 대화하는 법은 아빠가 잘 알걸. 아빠는 늘 경찰 이야기를 쓰니까."

"그건 어떻게 알았니?"

"조지안느 선생님이 알려 줬어. 선생님은 아빠 소설을 아주 좋아해."

엄마가 말했다. "나도 아주 좋아해." 엄마는 슬픔을 드러내지 않으려고 입술을 깨물었다. 그리고 다시 크게 미소를 지었다.

"네 말이 맞아. 아빠를 기다릴게. 그리고 걱정하지 않아도 된다는 말은 내가 나 자신한테 들려주면 돼."

그렇지만 엄마가 그런 말을 할 때에는 엄마가 정말 걱정하고 있다는 뜻이다!

현관에서 초인종이 울렸다.

엄마가 말했다. "피에르일 거야. 아까 통화했을 때 집으로 온다고 했거든."

"나는 내 방에 있을게. 내가 필요하면, 사람들이 엄마를 나쁘게 생각할까 봐 걱정이 되면, 언제든지 내 방을 노크해. 내가 엄마 옆에 있을게."

나는 방에 들어가서 문을 닫았다. 나한테 필요한 건 **참깨 세상**

이었다. 얼른 **참깨 세상**으로 가서, 거기서 시간을 좀 보내야 했다. 오늘 **힘든 세상**에서 일어난 일들은 내 주변 사람들 모두에게 너무 힘들었다. 그러니까 조금 더 행복한 곳에 잠시 들러서 마음을 편하게 한 뒤에, 앞으로 어떻게 엄마를 도울 수 있을지 생각해야 한다. 침대에 누워서 태블릿에 커다란 별을 띄웠다. 별을 뚫어져라 보면서 말했다. '참깨!'

**참깨 세상**은 여전히 아름다웠다. 구름도 추위도 어두운 그림자도 없었다. 빵집 주인이 카운터 뒤에서 초콜릿 빵 두 개를 집어 건넸다. 그러면서 지난밤에 우리 엄마 아빠가 레스토랑에서 손을 잡고 웃고 있는 모습을 보았다고 했다.

빵집 아주머니가 말했다. "오로르가 항상 그렇게 행복한 건 당연한 일이야. 부모가 행복할수록 자식도 행복하지."

오브가 우리의 2인용 자전거를 타고 나타났다. 오브는 나를 껴안고 말했다.

"오늘은 정말 멋진 모험을 펼치자!"

나는 자전거 뒷자리에 올라탔다. 나는 정말 빨리 페달을 밟으며 번개처럼 출발했다.

오브가 말했다. "오로르, 오늘은 정말 바람처럼 달리네!"

"운동을 해야 해. 나쁜 생각을 떨치는 데는 운동이 좋아."

"오늘 있었던 일들을 얘기하고 싶어?"

"규칙은 지켜야지. '**참깨 세상**에서는 **힘든 세상** 이야기를 꺼내지 않는다.' 그렇지만 힘든 세상에 네가 와야 할지도 모르겠어."

"내가 필요하면 당연히 가야지! 우리는 친구니까! 여기 와서 나를 데려가기만 하면 돼."

나는 오브한테 말하고 싶었다. 내가 다시 **힘든 세상**에 돌아갔을 때 루시 언니는 이미 집으로 돌아오고, 우리 엄마는 아무 잘못이 없다는 게 밝혀지고, 엄마와 언니와 나는 아빠와 함께 즐거운 시간을 보내게 되면 얼마나 좋을까. 그렇지만 여기는 **참깨 세상**이다. 걱정거리를 이야기할 곳이 아니다! 그래서 나는 오브한테 말했다.

"모험을 시작하자!"

오브는 자전거로 파리를 가로지르자고 했다! '파르크 드 베르시'라는 공원에 가자고! 거기 연못에는 거북들이 살고 있다고! 183년을 산 거북도 있는데, 우리랑 얘기를 나누면 좋아할 거라고 했다.

"거북이 이름은 귀스타브야! 같은 이름을 가진 귀스타브라는 유명한 작가와 같이 살던 거북이래."

내가 말했다. "거북이는 정말 오래 살아. 그렇지?"

"그 연못에는 귀스타브 친구인 장 밥티스트도 있어. 장 밥티스트는 337년을 살았는데, 옛날이야기들을 들려줘. 어렸을 땐 샤를이라는 작가와 함께 살았대. 샤를이 쓴 이야기들은 지금도 사랑받

거북이는 정말 오래 살아. 그렇지?

고 있어. 신데렐라, 장화 신은 고양이……."

"신데렐라 이야기는 누구나 좋아하지. 그렇지만 여자가 행복해지는 데 꼭 왕자가 필요할까? 왕자한테 신경 끄고, 그냥 당당하고 똑똑하면 안 돼?"

"너랑 나처럼!" 오브가 말했다.

우리는 센강에 도착해서 강변을 따라 자전거를 몰았다. 베르시 공원까지는 가는 길이 꽤 멀었다. 엄마 아빠와 함께 자동차를 탔어도 30분은 걸렸을 것이다. 파리를 빙 두르는 이 큰길을 지나갈 때, 아빠는 '현대 사회의 나쁜 면이 모두 모인 곳'이라고 말하곤 했다. 그렇지만 **참깨 세상**에서 오브와 나는 어디든 아주 빨리 갈 수 있다. 교통 체증은 전혀 없으니까! **힘든 세상**에서도 파리는 세상에서 제일 아름다운 도시다. **참깨 세상**에서 파리는 모두가 서로 좋아하는 곳이기도 하다. 자동차를 운전하는 사람들도 친절하고, 서로 손을 흔들어서 인사하고, 우리 자전거가 지나갈 때에는 미소를 보낸다.

공원에 도착해서 커다란 연못으로 곧장 갔다. 귀스타브와 장 밥티스트는 연못 한쪽 끝에 있는 동굴에 살고 있었다. 오브는 귀스타브와 장 밥티스트를 만날 수 있는 곳을 정확히 알고 있었다. 오브와 나는 잔디밭에 자전거를 세웠다. 우리는 연못가에 앉아서 초콜릿빵을 먹었다. 햇빛은 눈부시고, 하늘은 새파랬다. 몇 분 지나

오늘, 안녕!

지 않아서 물에서 텀벙거리는 소리가 들렸다. 두 거북이 우리한테 미소를 보내며 잔디밭으로 올라왔다.

한 거북이 말했다. "오브, 안녕!"

오브가 말했다. "안녕, 장 밥티스트! 안녕, 귀스타브! 내 단짝 친구를 소개할게. 오로르야! 저 멀리 **힘든 세상**에서 여기까지 인사하러 왔어."

장 밥티스트가 말했다. "아, **힘든 세상**. 샤를이 자기 동화가 사람들한테서 사랑받는 이유를 말한 적 있는데, 행복한 결말을 믿을 수 있게 해 줬기 때문이랬어."

귀스타브가 말했다. "내 옛날 친구 귀스타브는 공주가 되기를 꿈꾸던 어떤 여자가 시골 의사랑 결혼해서 지루한 생활에 괴로워하는 이야기를 썼어."

내가 말했다. "그럼, 일이 잘못되는 신데렐라 이야기를 썼네요!"

장 밥티스트가 말했다. "**힘든 세상**에서는 신데렐라 이야기가 늘 잘못되지."

"오로르! 오로르!"

갑자기 **힘든 세상**에서 목소리가 들렸다. 엄마다.

나는 오브한테 말했다. "집에 가야 해. 이따 다시 올게."

오브가 말했다. "나는 항상 여기에 있어."

귀스타브가 말했다. "너랑 또 책 이야기를 할 수 있으면 좋겠구나."

장 밥티스트가 덧붙였다. "살아가면서 문제에 부딪혔을 때 동화에서 많은 깨달음을 얻을 수 있는 이유도 이야기하면 좋겠구나."

엄마가 소리쳤다. "오로르! 오로르! 형사님이 너랑 얘기하고 싶대!"

귀스타브가 말했다. "아, 형사가 찾아? 너라면 틀림없이 형사를 잘 도울 수 있을 거야."

오브가 말했다. "남을 돕는 건 오로르의 특기예요."

나는 귀스타브와 장 밥티스트에게 작별 인사를 하고, 오브와 포옹했다. 그리고 눈을 감고 속삭였다. "골칫거리 세상으로."

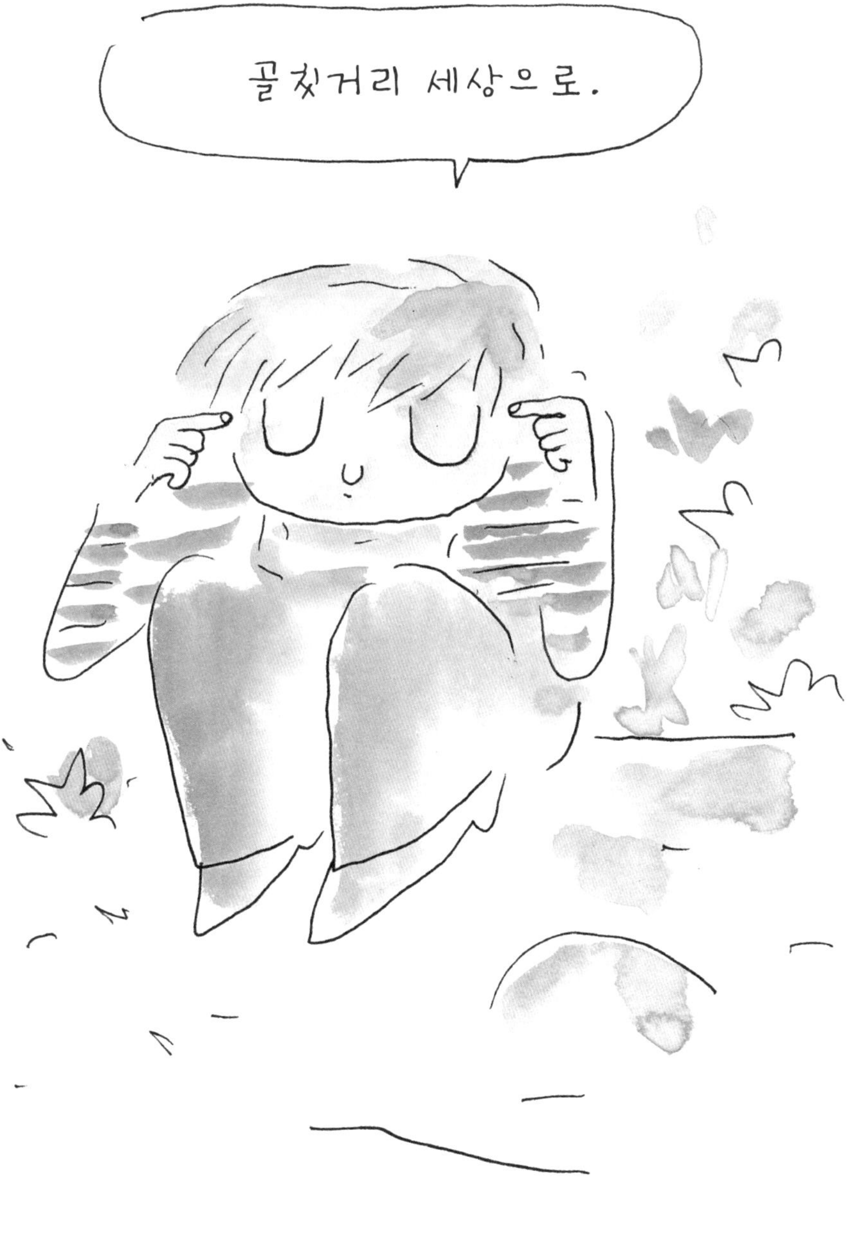
골칫거리 세상으로.

"오로르! 오로르!"

눈을 떴다. 내 방 침대로 돌아왔다. 나를 부르는 또 다른 목소리가 들렸다.

"오로르, 어서 와!"

아빠!

나는 거실로 달려갔다. 아빠가 거실에서 환하게 웃고 있었다! 아빠는 나를 번쩍 들어 올렸다가 꽉 껴안았다.

아빠가 말했다. "우리 공주님, 어디 있었어?"

언니가 거실 반대쪽에서 나타나 말했다. "나는? 나는 공주라고 안 부르면서!"

아빠가 말했다. "너는 '우리 천사'잖아."

언니가 말했다. "공주랑 천사는 달라."

내가 적었다. "천사도 공주만큼 좋아!"

아빠는 미소를 크게 지으며 말했다. "이 이야기는 이제 그만 하자."

엄마가 말했다. "아빠 말이 옳아. 주베 형사님 앞에서 그런 얘기 꺼내는 거 아니야."

주베 형사가 말했다. "안녕, 오로르." 나는 몸을 돌려서 주베 형사를 처음으로 봤다. 우리 아빠보다 나이가 많아 보이고, 검은색 정장을 입고 있었다. 아빠는 정장을 입지 않는다. 나는 **괴물 나라**에서 본 메두사를 떠올렸다. 메두사를 본 사람은 돌로 변한다는 전설도 생각났다. 주베 형사의 얼굴은 돌을 깎아서 만든 것 같았다. 나한테는 친절하지만, 나쁜 사람한테는 엄할 게 눈에서 보였다.

나는 태블릿에 적었다. "안녕하세요, 형사님."

"낮에 괴물 나라에서 있었던 일들은 어머니께 들었단다. 루시가 공격당할 때 옆에 있었다고? 무슨 일이 있었는지 자세히 들려주겠니? 작은 일 하나도 **빼놓지 말고**."

"잠시만 시간을 주세요." 나는 즐겨 앉는 의자에 앉아 최대한 빨리 글을 썼다. 한 줄 한 줄, 이야기 전체가 완성되어 갔다. 아빠가 나를 지켜보며 말했다.

"나도 오로르만큼 빨리 쓸 수 있으면 좋겠다."

안녕하세요, 형사님.

나는 주베 형사에게 태블릿을 건넸다. 주베 형사는 내 글을 쭉 읽으며 여러 번 고개를 끄덕였다. 도로테가 루시 언니를 '코끼리'라고 부른 대목에서는 형사의 입술이 찌푸려졌다. 주베 형사는 다 읽은 뒤 태블릿을 나한테 돌려주며 말했다.

"글을 아주 잘 쓰는구나. 이 글을 나한테 보내 줄 수 있을까?"

"먼저 이메일 주소를 주셔야죠."

"아, 그렇지." 그가 명함을 건네고 말했다. "오로르는 형사가 되어야 하겠네. 세세한 것까지 잘 관찰했어! 오로르를 내 부관으로 임명하고 싶구나. 그런데 궁금한 게 있어. 여기 보면, 도로테의 생각을 읽었다고 적혀 있어. 도로테가 '루시가 나보다 똑똑한 게 화가 나. 내 머리가 별로 좋지 않은 걸 루시 때문에 자꾸 깨닫게 돼.' 하고 생각했다고. 오로르, 너는 도로테의 생각을 어떻게 알았니?"

모두가 나를 보고 있었다. 주베 형사에게 대답하지 않을 수 없는 상황이었다. 나는 간절히 생각했다. 조지안느 선생님이 이 자리에 있으면 얼마나 좋을까. 경찰에 사실대로 말하지 않는 건 나쁜 일이라는 것도 안다. 하지만 선생님은 내가 생각을 읽을 줄 안다는 사실을 밝히면 안 된다고 했다. 엄마와 아빠와 언니가 그 사실을 알면 몹시 불편해질 거라고. 지금은 우리 가족 앞에서 내 비밀을 밝히기에 적당한 때가 아니라고 결론지었다. 그래서 나는 태블릿에 글을 쓰고, 주베 형사만 볼 수 있게 눈앞에 내밀었다.

"비밀을 알려 드릴게요. 그런데 우선, 우리 엄마 아빠의 의심을 사지 않고 단둘이 이야기할 핑계를 만드세요. 아셨죠?"

주베 형사는 고개를 한 번 끄덕이고, 엄마와 아빠한테 말했다.

"오로르와 잠깐 발코니로 나가도 될까요? 조용히 물어볼 게 있어요."

엄마가 말했다. "오로르가 무슨 잘못이라도 했나요? 아니죠?"

"전혀 아닙니다. 잘 아시겠지만, 아직 수사가 진행 중입니다. 제가 따님에게 몇 가지 도움을 청할 텐데, 제가 돌아간 뒤에도 따님에게 무슨 얘기였는지 물어보지 않으셔야 합니다. 동의하십니까?"

아빠가 말했다. "네, 동의합니다." 엄마는 아빠가 두 사람의 의견을 대표하는 듯 먼저 대답한 게 못마땅했지만, 입술만 찡그리고 다른 말은 꺼내지 않았다.

주베 형사가 말했다. "자, 같이 나갈까?"

주베 형사와 나는 우리 아파트에 있는 작은 발코니로 나갔다. 발코니에서는 주차장밖에 안 보인다. 그래도 밤이면, 달이 밝지 않은 때면, 별이 아주 많이 보인다. 오늘은 구름이 너무 많았다. 하지만 주베 형사는 밤하늘에는 관심이 없었다. 주베 형사는 문을 닫고 발코니에 놓인 작은 테이블 앞에 있는 의자에 앉으라고 나한테 손짓했다.

"자, 오로르, 그 비밀이 뭔지 들려주겠니?"

나는 태블릿에 적은 글을 주베 형사에게 내밀었다. "저는 사람들의 눈에서 생각을 읽어요."

"정말?" 주베 형사는 내 말을 믿지 않는 것 같았다. "사람들 생각을 읽는다고?"

"제 신비한 힘이에요!"

"그럼, 내가 지금 무슨 생각을 하고 있지?"

내가 적었다.

"얘는 상상력이 참 풍부하네. 현실감이 전혀 없어. 사람들 눈에서 생각을 읽어? 정말 어이없네!"

주베 형사는 조금 놀란 것 같았다.

"오로르, 정말 놀랍구나. 정확히 내 생각 그대로야. 나에 대해서 다른 것도 알아낼 수 있니?"

내가 적었다.

"딸을 걱정해요. 이름은 마리옹이고, 스물네 살이에요. 건축가가 되려고 하고, 파리에 살고 있어요. 마리옹이 오늘도 프레데릭과 만나는지 걱정하시죠? 마리옹은 프레데릭을 아주 좋아하는데, 형사님 생각으로는 프레데릭이 부잣집에서 자란 한심한 녀석이고……."

주베 형사가 그만하라고 손을 올렸다.

"신비한 능력을 완전히 인정해. 이 능력을 또 알고 있는 사람이 있니?"

"조지안느 선생님만 알고 있어요. 다른 사람한테는 말하지 않기로 했어요. 엄마나 아빠나 언니나 또 누구나. 다른 사람들은 제 능력을 불편하게 생각할 테니까요."

"일리가 있는 생각이야. 누가 내 생각을 다 들여다본다면……무섭지. 누구나 무서워할 거야."

"저는 그래도 무섭지 않아요! 그렇지만 엄마가 지금 무서워하고 있는 건 사실이에요. 루시 언니를 아직 못 찾았으니까요. 그리고 루시 언니의 엄마는 지금 몹시 화가 나서 우리 엄마를 비난하고 있어요. 루시 언니의 엄마가 경찰에게도 우리 엄마를 나쁘게 말했을 거예요."

"오로르는 정말이지 모르는 게 없구나. 그래, 맞아. 괴물 나라와 공원 곳곳을 다 뒤졌는데도 아직 루시를 못 찾았어. 이제 경찰견을 동원하기로 했지. 기차역도 확인했단다. 기차역에는 보안 카메라가 있어서 오가는 사람이 모두 녹화되거든. 루시가 기차를 탄 증거는 없었어. 루시는 정말로 그냥 사라졌어. 나는 너희 어머니가 보호자 역할에 소홀했다고 생각하지 않지만, 그래, 루시의 어머니에 대해서는 네 말이 맞아. 마르틴느 씨는 아주 화가 많은 사람이야."

"우리 엄마가 감옥에 가나요?"

"그렇지는 않을 거야. 어쨌든 이제 안으로 들어가자. 그리고 방금 나눈 이야기는 영원히 비밀에 부치자."

엄마는 주베 형사와 나를 보며 우리가 무슨 얘기를 나눴는지 짐작하려 했다.

엄마가 물었다. "오로르가 도움이 됐나요?"

"아주 큰 도움이 됐습니다."

"그렇지만 불쌍한 루시를 못 찾으면 저는 은행 일자리도 잃게 되겠죠?"

주베 형사가 말했다. "은행 일은 제가 뭐라 말씀드릴 입장은 아닙니다. 그렇지만 마르틴느 씨가 힘들게 만들 수는 있겠어요. 네, 그것 때문에 사회생활에 지장을 받을 수도 있습니다."

언니가 말했다. "그렇지만 루시 엄마가 형편없는 사람인데도요?"

엄마가 말했다. "그렇게 말하면 못써."

언니가 말했다. "엄마는 왜 그렇게 친절해? 루시네 엄마는 정말 나쁜 사람이야. 루시를 욕하기만 하고 한 번도 루시 편을 들어준 적이 없어. 루시한테 뚱뚱하다고 하고, 루시가 똑똑한 걸 싫어해. 그리고 이제는 엄마를 괴롭히려고 하잖아! 루시가 사라진 건 엄마 잘못이 아니야. 감옥에 가야 할 사람은 도로테 패거리야!"

주베 형사가 말했다. "맞습니다. 걔들한테는 확실히 큰 문제가 있죠. 그리고 솔직히 말하자면 실종 상태가 오래될수록 찾을 확률이 낮아집니다. 그게 걱정이에요."

주베 형사가 간 뒤에 엄마는 울기 시작했다. 아빠가 엄마를 감

엄마한테 나쁜 일이 생기게 두지 않을 거야!

싸 안고, 엄마가 얼굴을 묻고 울 수 있게 어깨를 빌려줬다. 언니가 나한테 다가와서 내 손을 잡고 귓속말했다.

"나 무서워."

"엄마한테 나쁜 일이 생기게 두지 않을 거야!"

"그렇지만 루시를 못 찾으면……."

"틀림없이 찾을 수 있어."

아빠는 돌아가야 했다. 클로에가 장염에 걸렸다고 했다. 그래도 클로에는 아빠가 급히 우리에게 온 사정을 잘 이해했고, 자기도 오고 싶지만 올 수 없어서 아쉽다고 했다. 엄마는 표정이 조금 굳었지만, 아빠한테 먼 길을 달려와 줘서 고맙다고 했다. 아빠는 우리 모두에게 포옹으로 인사하고, 언니와 나에게 다음 주 주말에 깜짝 놀랄 계획이 있다고 말했다. 주말은 금방이다! 그리고 아빠는 엄마한테 마르틴느가 엄마를 곤경에 빠트리도록 놔두지 않겠다고 말했다.

아빠가 간 뒤, 엄마는 피곤해서 일찍 자겠다고 했다. 나는 엄마의 생각을 읽었다.

'루시를 찾지 못하면 내일 당장 내 인생은 엉망이 되겠지.'

언니도 피곤해서 방으로 가겠다고 했다. 그렇지만 언니는 잠을 자지 않고 페이스북 친구들과 대화를 나눌 게 틀림없었다. (언니는 늘 페이스북 친구들과 대화를 나눈다. 책을 읽으면 자리에 앉아서도 세상 곳곳을 여행할 수 있고, 마음을 가라앉히는 데에도 더 좋을 텐데.) 나는 내 방으로 가서 생각하고 또 생각했다. 계획 하나가 머릿속에서 떠오르기 시작했다. 시간을 확인했다. 오후 8시 48분. 내일 아침에 해가 몇 시에 뜨는지 검색했다. 오전 6시 48분. 지금 잠자리에 들어서 5시 30분에 일어나 **참깨 세상**에 얼른 다녀 와야겠다. 잠을 푹 자야 한다. 내일은 아주 바쁜 날이 될 테니까. 오브를 처음으로 **힘든 세상**에 데려오는 날. 그리고 최선을 다해서 루시를 찾아야 한다!

나는 태블릿에 알람을 맞추고 침대에 누워 눈을 감았다. **힘든 세상**은 사라졌다. 평소에 나는 꿈을 다 기억한다. 그런데 그날은 하나도 기억나지 않았다.

전에 아빠한테 들었는데, 잠을 깊이 못 자는 어른이 많다고 했다. 걱정거리가 많으면, 꿈을 절대로 기억하지 못한다고. 나는 언제라 도 걱정거리가 없었다! 그런데 그날은 '루시를 구해야 해! 엄마를 구 해야 해!' 하고 생각하며 잠자리에 들었다. 그래서 꿈을 기억할 수 없었나? 처음으로 걱정거리가 있었기 때문에? 나한테 아무리 신 비한 능력이 있어도 **힘든 세상**은 점점 힘들어지고 있기 때문에?

달콤한 꿈꾸아.

5시 30분에 알람이 울렸다. 나는 옷을 입고 주방으로 가서 코코
아를 만들었다. 엄마가 전날 사 놓은 바게트를 내가 방금 만든 달
콤한 진갈색 코코아에 담가서 먹었다. **빵과 코코아**는 하루를 시작
하기에 제일 좋은 방법이다. 특히 오늘처럼 중요한 날에는! 방으
로 돌아가서 태블릿을 켜고 큰 별을 화면에 띄웠다. 아름다운 별
을 들여다보면서 마법의 주문을 외웠다.

　'참깨!'

　오브의 방에 와 있었다. 오브는 엄마와 아빠, 여덟 살짜리 남동
생 그레구아와 함께 산다. 오브의 방 벽은 무지개 색으로 칠해져
있다. 침대 시트는 오브가 제일 좋아하는 색인 노란색이다. 오브
는 페퍼라는 장난감 개를 꼭 끌어안고 깊은 잠에 **빠져** 있었다. 나
는 **참깨 세상**에서 몇 번 오브랑 같이 잠들었다. 그렇지만 두 번은

중간에 **힘든 세상**으로 돌아가야 했다. 엄마가 들어와서 나한테 잘 자라고 인사했기 때문이다. **참깨 세상**에 있으면 그게 문제다. **힘든 세상**에서 누가 나한테 말을 걸면, 나는 **힘든 세상**으로 돌아가야 한다. 안 그러면 내가 살고 있는 이 아름다운 다른 세상을 들킬지도 모른다. 그러니 얼른 현실 세계로 돌아가야 했다. 나는 오브의 어깨를 살그머니 흔들며 속삭였다.

"일어나. 중요한 일이 있어!"

오브가 눈을 떴다. 오브는 나를 보자 미소를 짓고 두 팔로 껴안았다.

"아직 해도 안 떴는데 여기에 온 걸 보니, 아주 안 좋은 상황이구나."

나는 그동안 벌어진 일들을 다 설명했다. 루시 언니의 행방을 아직 알 수 없고, 엄마는 곤란한 상황에 처할 위기고, 그래도 나한테 계획이 있는데, 지금 빨리 **힘든 세상**으로 가야 한다고. 해가 곧 떠오를 테니까.

오브가 말했다. "잠깐만 기다려. 파자마 차림으로 모험을 벌일 수는 없잖아."

오브는 벌떡 일어나서 옷을 들고 욕실로 갔다. 잠시 후, 오브는 옷을 챙겨 입고 옆구리에 바게트를 끼고 나타났다.

"모험을 하면 배가 고파져. 힘든 세상에서 펼치는 모험은 이번

이 처음이니까 빵은 꼭 가져가야지!"

우리는 침대에 걸터앉았다. 나는 오브의 손을 잡고 말했다. "눈을 감고, 셋을 센 다음에 주문을 외우면 돼. 하나, 둘, 셋……."

하지만 오브는 이미 다 알고 있었다. 내가 주문을 외우는 걸 벌써 여러 번 봤으니까. 내가 시작한 문장을 오브가 완성했다.

"골칫거리 세상으로!"

우리는 순식간에 내 침실에 와 있었다. 오브는 내 방 벽에 있는 별과 성운 그림들에 큰 관심을 보였다. 내가 그린 엄마와 아빠 그림에도 관심을 보였다. 나는 오브한테 또 설명했다. 여기서는 내가 태블릿에 글을 써야 대화할 수 있고, 오브의 모습은 아무도 볼 수 없다고.

오브가 말했다. "나는 좋아. 나는 평소처럼 너한테 말하고, 너는 생각하는 걸 나한테 글로 전해. 누구한테 쓰느냐고 물어보는 사람이 있으면, 비밀 친구한테 쓴다고 대답하면 돼. 그러면 사람들이 너를 제정신이 아니라고 생각하겠지? 괜찮아. 재미있고 창의적인 사람들은 누구나 약간 제정신이 아니니까!"

우리는 살금살금 주방으로 갔다. 주방에서 메모지에 짧게 편지를 썼다.

엄마, 나는 루시 언니를 찾으러 나가! 걱정하지 마. 태블릿은 항상 가지고 있을 테니까 엄마 메시지는 언제라도 받을 수 있어. 엄마 말대로 길을 건널 때에는 양쪽을 다 잘 살필게. 그리고 모르는 사람이랑 말하지 않을게! 어쨌든 루시 언니가 어디에 있는지 꼭 알아낼게!

엄마의 신비한 딸 오로르.


시간을 확인했다. 5시 58분. 해가 뜨기 전까지 남은 시간은 40분. 나는 오브한테 말했다. 자전거를 타고 가다가 그다음에는 기차를 타야 한다고. **괴물 나라**는 멀고, **힘든 세상**에서는 참깨 세상에서 하듯 순식간에 다른 곳으로 가는 일은 할 수 없다고.

"여기 있는 내 자전거는 2인용이 아니야."

오브가 말했다. "괜찮아. 나는 핸들에 앉아서 가면 돼."

우리는 아주 조용히 아파트를 나왔다. 나는 자전거에 채운 자물쇠를 풀 열쇠도 잊지 않고 챙겼다.

"힘든 세상에서는 자전거에 자물쇠를 채워야 해?"

우리가 자전거를 타고 거리로 나갈 때 오브가 물었다.

"맞아. 참깨 세상에서는 모든 게 완벽하지만 여기는 엉망이야."

여기에서의 삶은 엉망이고

오브가 하늘을 쳐다보며 말했다. "엉망이고, 잿빛이야."

퐁트네의 텅 빈 거리를 지나가며, 오브는 내게 왜 오래된 건물을 허물고 새 건물을 짓는지, **힘든 세상** 사람들은 왜 플라스틱 분위기가 가득한 식당에서 파는 햄버거와 감자튀김을 좋아하는지 물었다.

"여기도 괜찮은 음식은 있어. 그렇지만 돈이 많은 사람은 많지 않아. 사람들이 밖에서 큰돈을 들이지 않고 사서 먹을 수 있는 음식은 대개 패스트푸드야."

오브가 말했다. "돈이 많지 않은 사람도 사서 먹을 수 있는 값에, 몸에도 좋은 음식을 팔면 좋지 않아?"

나는 고개를 갸웃하며 이렇게 말할 수밖에 없었다.

"여기는 힘든 세상이야."

오브는 자전거 핸들 위에 잘 앉아 있었다. 거리는 텅 비어 있었다. 가로등 불빛이 기차역으로 가는 길을 밝혀 주었다. 나는 승차권 판매기에서 기차표를 샀다. 오브 것도 샀다.

오브가 말했다. "아무도 나를 못 보는데⋯⋯."

"규칙은 항상 지켜야지. 기차를 타려면 표를 사야 해."

열차 객실에는 아주 일찍 일하러 가는 사람 몇 명뿐이었다. 오브는 모든 것에 호기심을 보였다. 왜 사람들 모두가 지친 모습인지, **힘든 세상**에서는 잠을 제대로 못 자는 사람이 아주 많다는 게 사실인지 물었다. 내가 오브의 질문에 답하느라 태블릿에 계속 글

사람들이 다 지쳐 보여! 다들 잠을 제대로 못 자는 거야?

을 써서 오브에게 보여 주자, 맞은편에 앉은 여자 승객이 나를 이상하게 봤다. 나는 그 사람의 생각을 정확히 읽을 수 있었다. '쟤가 지금 뭘 하는 거지? 태블릿에 글을 써서, 허공에 있는 누군가에게 보여 주는 것처럼 행동하네?'

나는 그 사람을 보며 미소를 지은 채 태블릿에 적었다.

"재미있는 사람에게는 비밀 친구가 꼭 있어요!"

**괴물 나라** 역에서 내릴 때, 몇 명이 우리와 함께 내렸다. 청바지와 티셔츠와 모자 달린 점퍼 차림에, 키가 2.5미터나 되는 남자도 함께 내렸다. 눈에 익은 모습이었다. 나는 태블릿에 빠르게 적었다.

"거인 왕자 팡타그뤼엘 아니신가요?"

팡타그뤼엘이 놀라서 물었다. "나를 기억하니?"

"왕자 옷은 왜 안 입으셨어요?"

"놀이동산에 가서 갈아입어."

"그럼, 진짜 왕자가 아니라는 뜻인가요?"

팡타그뤼엘은 빙긋 웃으며 말했다. "아, 현실에서도 나는 왕자야. 여기 아주 일찍 왔네, 부모님이랑 집에 있어야 하지 않니?"

"우리는 어제 사라진 루시 언니를 찾으러 왔어요."

"나도 그 얘기는 들었어. 가엾어라. 경찰이 사방을 다 찾아보았다지?"

"우리가 찾을 거예요."

아주 똑똑한 왕자님이시다!

"우리라니?"

"저랑 제 친구 오브요. 왕자님 눈에는 안 보이겠지만, 저는 볼 수 있어요!"

팡타그뤼엘은 나와 내 자전거를 찬찬히 살펴보았다.

팡타그뤼엘이 말했다. "오브가 핸들에 앉아 있니?"

오브가 내 귀에 속삭였다. "아주 똑똑한 왕자님이시다!"

나는 팡타그뤼엘에게 말했다.

"네, 핸들에 앉아 있어요. 오브가 그러는데, 왕자님의 관찰력에 감탄했대요!"

"놀이동산은 10시가 돼야 문을 열어. 내가 일찍 온 건, 여기서 한 가지 일을 더 맡고 있기 때문이야. 놀이동산을 청소하는 일을 해. 아침마다 세 시간씩 청소하지. 그다음에 왕자 의상으로 갈아입어. 두 가지 일을 하면 돈을 더 벌 수 있어. 지금 돈이 필요하거든. 나는 사랑하는 사람이랑 같이 살고 있는데, 그 사람이 아파."

"이런, 저도 슬프네요. 많이 편찮으세요?"

팡타그뤼엘은 고개를 끄덕였고, 나는 더 물어보면 예의에 어긋난다는 걸 깨달았다. 그래서 팡타그뤼엘과 눈을 마주친 뒤에 태블릿에 적었다.

"제가 처음으로 태블릿으로 말하는 법을 배울 때, 저는 절대로 해내지 못할 거라고 생각했어요. 조지안느 선생님이 저한테 딱 한 마디를 계속 들려줬어요. '용기'."

거인이랑 친해지다니, 정말 좋아!

팡타그뤼엘은 내 어깨를 어루만지며 말했다. "고마워. 살아가려면 용기가 많이 필요해."

**괴물 나라** 정문에 다다랐다. 팡타그뤼엘은 수첩을 꺼내서 번호를 적고 그 장을 찢어서 나한테 줬다. 도움이 필요하면 연락하라고.

오브와 내가 팡타그뤼엘에게 손을 흔들며 작별 인사를 할 때 오브가 말했다. "거인이랑 친해지다니, 정말 좋아! 괴물 나라에도 정말 가 보고 싶어. 재밌을 거 같아!"

그렇지만 우선, 루시 언니가 사라진 공원으로 가야 했다. 해가 곧 떠오를 것 같았다. 저 앞에 남자가 보였다. 잔혹이들 때문에 누명을 썼던 마무드 할아버지였다. 커다란 갈퀴를 들고 아주 예쁜 꽃밭 근처에서 낙엽을 모으고 있었다. 내 자전거가 다가가자, 할아버지는 겁먹은 표정으로 변했다. 나는 글을 적은 태블릿을 들어 보였다.

"안녕하세요, 마무드 할아버지!"

"내 이름을 어떻게 알고 있니?"

나는 재빨리 설명했다. 내가 어제 여기 있었고, 내 언니가 루시 언니의 제일 친한 친구이며, 그 못된 애들과 경비원이 마무드 할아버지를 심하게 대하는 것도 보았고, 오늘은 루시 언니를 찾으려고 친구 오브와 함께 왔다고 전부 설명했다.

"친구 오브? 무슨 얘기냐?"

"제 친구는 **참깨 세상**이라는 곳에 살아요. 여기 **힘든 세상**에 저를 만나러 왔는데, 저 말고 다른 사람 눈에는 안 보여요."

"말도 안 돼. 당장 집으로 가거라! 너랑 얘기하는 걸 누가 보기라도 하면 나만 곤란해져."

오브가 내 귀에 속삭였다. "마무드 할아버지한테 꽃밭이 참 예쁘다고 전해 줘." 나는 오브의 말을 적어서 할아버지에게 보였다. 할아버지는 고개를 절레절레 흔들며 말했다.

"더 말하지 않을 거다! 내가 못 견뎌!"

내가 물었다. "할아버지도 딸을 잃어버린 적이 있죠?"

할아버지는 속마음을 들키기라도 한 듯이 나를 뚫어져라 봤다. 물론 나는 할아버지의 생각을 읽었다.

'안젤리크가 없어졌을 때, 다시는 못 볼지도 모른다는 생각에 정말 힘들었어.'

할아버지가 당황하며 물었다. "어떻게 알았니?"

나는 내가 가진 신비한 능력을 설명했다. 그리고 할아버지의 딸 이름이 안젤리크인 걸 안다고도 말했다.

할아버지가 말했다. "점점 더 겁나는구나."

"누구를 겁주려는 게 아니에요. 제 이름은 오로르고, 사람들을 돕는 게 저의 일이에요! 이렇게 이른 아침에 제 친구 오브랑 여기 온 것도 사람들을 도우려는 목적 때문이에요. 엄마가 큰 곤경에 처하게 됐거든요. 루시 언니의 엄마가 우리 엄마를 비난하고 있어서……."

마무드가 내 말을 가로채며 말했다. "그래, 나도 어제 다 들었다. 경찰이 그 아이를 찾느라 사방을 다 뒤지고 있을 때, 걔 엄마가 친구랑 같이 오토바이를 타고 왔더구나. 나를 마구 비난했어. 나한테 손가락질하면서, 얼굴이 이런 사람은 아이들이 노는 곳에 있으면 안 된다고 했지. 친구라는 사람이 옆에서 말렸단다. 그래도 그 여자는 계속 떠들더라. 자기 딸을 잃어버린 여자를 체포해야 한다고. 자기 딸을 데려와서 사라지게 만든 죄가 있다고. 그렇지만 나는 사라진 아이가 못된 애들한테 얼마나 괴롭힘을 당했을지 알 수 있어. 그 못된 애들이 나한테도 누명을 씌웠으니까."

"그래도 경찰은 결국 할아버지의 말을 믿었죠. 저도 할아버지의 도움이 필요해요. 엄마를 곤경에서 구해야 해요."

"너는 왜 보통 사람들처럼 말하지 않니?"

"저 같은 사람을 장애인이라고 한대요."

"나랑 같은 처지구나."

오브가 나한테 물었다. "여기 힘든 세상에서는 누구나 문제가 있지 않아?"

"여기 사람들은 장애인을 '보통' 사람과 너무 거리가 먼 사람으로 생각해."

할아버지가 말했다. "내가 누구보다 잘 알지. 나는 열 살 때, 우리 아버지가 교통사고를 냈을 때부터 이 얼굴로 살았어."

"자동차에 불이 났죠?"

할아버지는 고개를 끄덕였다. 그렇지만 나는 할아버지의 생각을 읽을 수 있었다. '이 이상한 아이가 사고 얘기는 더 이상 물어보지 않으면 좋겠어.' 조지안느 선생님은 내가 생각을 읽는 것 때문에 불편하다고 느끼는 사람이 있으면, 얼른 다른 얘기를 꺼내야 한다고 말했다. 그래서 나는 선생님한테서 배운 대로 이야기를 바꿨다.

"해가 떴어요. 이제 조금 있으면 엄마가 일어나서 저한테 문자 메시지를 보낼 거예요. 얼른 집으로 돌아오라고요. 루시 언니네 엄마는 오늘 아침에 우리 엄마가 일하는 은행에 가서 엄마를 나쁘게 말할 거예요. 엄마가 직장을 잃을지도 몰라요! 서둘러야 해요. 경찰이 어디 어디를 수색했는지 알려 주시겠어요?"

할아버지는 잠시 망설였다. 정말 내키지 않는다는 표정이었다.

"경찰이 개까지 동원해서 찾았지만 못 찾았어. 우리가 어떻게 찾겠니?"

오브가 내 귀에 속삭였다. "우리는 경찰과 다르게 생각할 거라고 말해."

나는 태블릿에 오브의 말을 적고 내 생각을 덧붙였다.

"루시 언니가 완전히 길을 잃었을 수도 있어요. 우리도 찾아봐야죠!"

할아버지는 주위를 힐끔 둘러보고, 손목시계를 힐끔 봤다. 그리고 눈을 감았다. (중대한 결정을 내리려는 게 틀림없었다!) 할아버

저랑 제일 친한 친구니까,
저한테는 진짜로 진짜줘.

지가 다시 눈을 떴다. 나는 할아버지의 눈을 보며, 얼마나 겁먹었는지 알 수 있었다.

'이 아이랑 같이 있는 걸 누가 보기라도 하면, 나는 또 곤경에 **빠**질 거야.'

"곤경에 빠질 일은 절대 없어요! 제가 어디서든 말할 거예요. '마무드 할아버지는 좋은 분이에요! 오브도 그렇게 생각해요!'"

할아버지가 물었다. "보이지 않는 네 친구가 있다는 게 진짜로 진짜니?"

"저랑 제일 친한 친구니까, 저한테는 진짜로 진짜죠."

"반박할 말이 없네." 할아버지는 갈퀴를 꼭 쥐며 말했다. "따라오너라!"

루시 언니의 흔적은 없었다.

30분 동안 오브와 나는 마무드 할아버지를 따라 공원 구석구석
을 살펴보았다. 속이 비어 있는 커다란 나무들이 있는 숲도 있었
다. 숨기에 딱 좋은 곳이었다. 루시 언니의 흔적은 없었다. 백조와
오리가 노니는 아름다운 연못도 있었다. 루시 언니의 흔적은 없었
다. 풀들이 웃자란 풀숲도 있었다. 사람들의 눈에 띄지 않게 숨기
좋은 곳 같았다. 오브와 나는 그 풀숲을 기어다니며 찾아다녔다.
　호숫가에 잡초들이 무성했다. 우리는 그곳을 뒤져야 한다고 말
했지만, 할아버지는 우리를 말렸다. "거기는 어제 경찰견들이 다
훑었어."
　오브가 말했다. "그래도 우리는 숨는 장소를 잘 찾는다고 말씀
드려." 나는 땅굴 두 개를 할아버지에게 보여 줬다. 사람이 숨을
만큼 큰 땅굴이었다. 루시 언니의 흔적은 없었다. 공원 *끄트머리*

에 있는 바위산 근처에 동굴이 있는데, 거기에도 루시 언니의 자취
는 없었다고 했다.

할아버지가 말했다. "경찰견들이 어제 거기도 갔어."

그래도 우리는 할아버지에게 라이터를 빌려서 동굴 안으로 들어
갔다.

내가 오브한테 물었다. "어두운 거 무서워?"

오브가 말했다. "너도 알겠지만 참깨 세상은 진짜로 어두운 때
가 없으니까. 어쨌든 너는 힘든 세상에서도 어두운 걸 무서워하지
않지? 아무리 많이 어두워도."

"응. 그런데 여기는 정말 어둡네!" 나는 라이터 불빛으로 앞을 비추
며 말했다. "루시 언니는 틀림없이 어두운 걸 무서워하지 않아. 루시 언
니가 우리 언니랑 나한테 말한 적 있거든. 루시 언니는 자기 엄마나 못된
애들 때문에 화가 나면 집에 있는 벽장 안에 숨는대. 학교에서는 빗자루
와 걸레들을 두는 어두운 청소 도구실에 숨는댔어. 루시 언니 열쇠고리
에는 조그마한 손전등이 달려 있어. 주머니에는 항상 수첩이랑 연필을
가지고 다녀."

오브가 말했다. "저기 봐!"

동굴 구석에 루시 언니가 있나? 그럼 얼마나 좋을까! 그렇지만
오브가 가리킨 것은 작은 종이쪽이었다. 누가 거기 흘렸을지 알
게 뭐람. 그래도 나는 쪽지를 집어서 불빛에 비춰 봤다. 그랬더니

그림이 보였다!

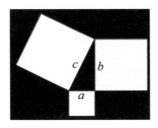

그 아래에는 이런 글자도 있었다!

$$a^2 + b^2 = c^2$$

오브가 말했다. "암호야!"

내가 말했다. "수학 공식이야! 루시 언니는 여기 있었어!"

우리는 얼른 밖으로 나갔다. 동굴 입구에서 기다리고 있던 마무드 할아버지에게 쪽지를 보여 줬다.

할아버지가 물었다. "걔가 쓴 것 같니?"

나는 고개를 끄덕였다.

"이해가 안 되네. 경찰관들, 경찰견들을 모두 어떻게 따돌렸지? 어제 내가 경찰을 여기로 안내했어. 분명히 경찰이 동굴 안도 수색했어."

저기 봐! 암호야!

이건 수학 공식이야!

"어쨌든 경찰은 이 쪽지를 못 찾았어요."

오브가 나한테 속삭였다. "마무드 할아버지께 여쭤 봐. 루시 언니네 엄마가 경찰관들이랑 같이 있었는지."

오브의 질문을 본 할아버지가 말했다.

"그래, 걔 엄마도 해가 질 때 여기 와서 경찰관들이랑 경찰견들이랑 같이 다녔어. 엄청나게 많이 소리치면서 화냈어. 자기 딸을 미쳤다고 욕하고, 이런 일을 만든 딸 친구도 멍청하다고 욕했어."

내가 적었다. "그 친구가 우리 언니예요."

오브가 속삭였다. "루시 언니는 틀림없이 자기 엄마가 소리치는 걸 들었을 거야. 그래서 겁먹고 동굴에서 도망친 게 분명해."

"바로 그거야! 그렇게 된 게 틀림없어! 그런데 어떻게 경찰한테 안 들키고 동굴에서 나갔지?"

할아버지가 말했다. "동굴 반대쪽에 비상구가 있단다."

"그리로 안내해 주세요!"

우리는 모두 동굴 안으로 들어갔다. 이제 해가 완전히 떠서 동굴 입구로 햇빛이 들어왔다. 할아버지는 루시 언니가 쪽지를 떨어뜨린 자리로 갔다. 그 뒤는 바위가 벽을 이루고 있었다. 그런데 잘 보니, 벽 뒤로 공간이 있었다. 그리고 정말 문이 있었다. 문에는 '비상구'라는 글자까지 적혀 있었다.

"공원을 만들 때에는 동굴에 비상구를 설치하도록 정해져 있어.

아이들이 동굴 안에서 놀다가 입구가 막히는 상황이 생길지도 모르니까."

"어제 경찰이 여기도 봤나요?"

"비상구를 보여 주기는 했지. 괴물 나라 후문으로 이어진다는 말도 했어. 그 후문은 여기 직원들만 아는 곳이야."

"동굴 비상구로 나가면, 괴물 나라 후문이 보이는 거죠?"

"그렇지. 운이 좋으면 후문이 열려 있을 수도 있어. 눈에 잘 띄지 않고 직원들만 알고 있는 문이라서 종종 잠그지 않고 그냥 두기도 해. 후문으로 종일 배달되는 물건이 들어오기도 하거든. 그렇지만 배달은 오후 6시면 끝나. 경찰과 그 무서운 엄마는 여기에 6시 반쯤 왔어."

"그럼, 루시 언니가 자기 엄마 고함 소리를 듣고 겁먹어서 비상구를 찾아낸 뒤에 괴물 나라 안으로 몰래 도망쳤을 수도 있겠네요?"

오브가 물었다. "그렇지만 경찰과 경찰견들이 괴물 나라 안쪽도 샅샅이 뒤지지 않았어?" 나는 그 질문을 그대로 태블릿으로 옮겨 할아버지에게 내보였다.

할아버지가 대답했다. "분명히 그랬지."

"그렇지만 루시 언니가 숨어 있을 만한 어두운 곳은 생각하지도 못했겠죠." 그렇게 쓴 뒤에 아주 기발한 생각이 떠올랐다. 나는 그 생각을 오브에게 보여 줬고, 오브는 다시 나한테 속삭였다. "거인 왕자님을 다시 만나야 해!"

팡타그뤼엘이 나한테 준 쪽지를 꺼내서 그 전화번호로 메시지를 보냈다.

거인 왕자님, 지금 도움이 필요해요! 후문에서 만날 수 있을까요?

곧장 메시지가 왔다.

5분 뒤에 후문에서 만나.

팡타그뤼엘은 시간에 딱 맞춰서 나타났다. 후문에는 경비원이 있었다. 팡타그뤼엘은 괴물 나라 안쪽에 서서 경비원을 사이에 두고 밖에 있는 우리와 대화해야 했다. 경비원은 나를 수상쩍게 봤다.

경비원이 팡타그뤼엘에게 말했다. "공짜로 넣어 주라니, 동생이나 조카라도 돼?"

내가 적었다. "경찰 업무로 왔어요!"

경비원이 웃었다.

"그렇겠지. 나는 우주비행사야. 화성에서 방금 도착했어."

"주베 형사님이 나를 부관으로 임명했어요. 우리는 사라진 루시 언니

를 찾고 있어요. 서둘러야 해요. 사라진 지 거의 하루가 다 되어 가요! 제발 우리를 들여보내 주세요."

경비원이 눈을 굴리더니, 마무드 할아버지와 팡타그뤼엘에게 말했다.

"얘 좀 이상하네요. 그리고 왜 말은 안 하고 태블릿으로 이러는 거예요?"

마무드 할아버지는 경비원에게 화를 내며 소리치고 싶은 표정이었다. 그렇지만 마음을 가라앉히고 한참 경비원을 쏘아본 뒤에 말했다.

"나도 얘랑 똑같아. 우리는 조금 다를 뿐이야. 문제 있어?"

경비원은 자기가 올바르지 않은 말을 했다는 걸 깨닫고 움찔했다.

경비원이 우리에게 문을 열어 주며 말했다. "들어가세요. 그 아이를 꼭 찾길 바랍니다."

**괴물 나라** 한가운데로 가는 동안 나는 팡타그뤼엘에게 동굴에서 발견한 쪽지를 보여 줬다. 삼각형이랑 암호를 남긴 사람이 루시 언니가 틀림없다고, 루시 언니는 수학을 아주 잘한다고 설명했다. 팡타그뤼엘은 쪽지를 살펴보다가 점점 눈이 휘둥그레졌다.

"사라진 애가 수학을 정말 잘하는구나! 여기 쓴 건 기하학에서 가장 유명한 공식이야. 고대 그리스의 피타고라스라는 학자가 정의한 거야. 이 그림이 뭔지 아니?"

나는 고개를 저으며 적었다. "저는 수학을 몰라요."

"피타고라스가 발견했는데, 삼각형의 세 변에 맞춰서 정사각형을 그리면, 제일 큰 사각형의 면적은 나머지 두 사각형의 면적을 합한 것과 같아. 거기 적힌 공식 있지? $a^2 + b^2 = c^2$. 그게 수천 년 전에 피타고라스가 만든 바로 그 공식이야."

"이런 걸 어떻게 다 아세요?"

팡타그뤼엘은 고개를 숙인 채 말했다.

"나도 예전에는 그랬어. 수학을 정말 잘했어. 그렇지만 공부에는 소질이 없었지. 지금은 이렇게 놀이공원에서 거인이 됐고."

"멋진 거인이에요!"

"멋진 수학자가 됐어야 했어."

"지금도 될 수 있어요!"

"그래, 누가 알겠니. 어쨌든 이 공식이 왜 중요한지 아니? 나는 그때 선생님이 했던 말을 아직도 정확히 기억해. '평면 세상에서 거리를 잴 수 있고, 우주의 기하학을 이해할 수 있다.'"

오브가 나에게 말했다. "루시 언니는 숨어 있을 때 마음을 가라앉히려고 이 공식을 적은 거야. 마무드 할아버지한테 물어봐. 할아버지의 딸은 사라졌을 때 어디에 있었는지."

나는 할아버지에게 오브의 질문을 이야기했다. 할아버지가 말했다. 10년 전, 딸 안젤리크가 열일곱 살이었을 때, 당시 사귀던 남자한테서 이제 다른 여자를 사랑하게 됐으니 헤어지자는 말을 들었다. 안젤리크는 너무 괴로워서 계속 울고 잠도 자지 않았다. 자기는 못생겼고, 다시는 자신을 사랑해 줄 사람을 만나지 못할 거라고 생각했다. 그러다가 어느 날 사라졌다. 이틀 동안 찾아다녔지만 나타나지 않았다. 그러다가 형사가 물었다. '따님이 세상에서 제일 좋아하는 게 뭔가요?' 마무드 할아버지는 축구라고 말했다. 안젤리크가 파리 생제르망 팀의 열성적인 팬이라고.

"내가 작지만 중요한 이 얘기를 경찰관한테 한 건 이른 아침이었어. 형사가 서둘러 연락을 취했어. 10분 뒤에 경찰차 세 대가 파리 생제르망 팀의 홈구장으로 달려갔지. 그리고 체육관 입구에서 잠들어 있는 내 딸을 발견했어."

"그거예요! 루시 언니도 똑같이 했을 거예요! 루시 언니도 자기한테 편안한 곳으로 갔을 거예요. 루시 언니가 제일 좋아하는 수학이랑 연관된 곳이요!"

나는 팡타그뤼엘을 보며 물었다.

"괴물 나라에 수학이랑 관련 있는 장소가 있나요?"

"이집트 미라 놀이기구를 타면, 숫자가 가득한 방을 지나가."

"얼른 거기로 가요!" 그때 생각났는데, 어제 루시 언니가 거기에 가고 싶다고 했다. 인터넷으로 무슨 방 얘기를 읽었다고 했다. 거기가 틀림없었다. 숫자가 가득한 방!

괴물 나라에
수학이랑 관련 있는
장소가 있나요?

팡타그뤼엘이 말했다. "저쪽 끄트머리에 있어."

내 태블릿에 불쑥 메시지가 떴다. 엄마다! 몹시 슬퍼하고 있는 엄마!

오로르, 어쩌려고 한밤중에 자전거를 타고 나간 거야! 엄마는 너무 걱정되고, 화도 조금 났어. 이 메시지 보자마자 답장해. 그리고 곧장 집으로 와! 사랑하는 엄마가.

내가 물었다. "이집트 미라는 여기서 얼마나 가야 해요?"

팡타그뤼엘이 말했다. "걸어서 10분."

"제 자전거를 같이 타고 가실래요?"

"그 자전거를 타기에는 내가 좀 크네. 그 자전거는 너랑 오브가 타면 되겠다. 나는 빨리 걸어갈게."

나는 마무드 할아버지에게 어제 주베 형사에게 받은 명함을 건넸다.

"주베 형사한테 전화해서 지금 바로 괴물 나라로 오라고 해 주세요."

"나 같은 사람이 하는 전화를 받을까?"

"오로르가 부탁했다고 하면 받을 거예요. 저는 주베 형사의 부관이니까요!"

오브가 말했다. "오로르, 시간이 없어. 빨리 가자!"

나는 빨리 걸어갈게.

나는 팡타그뤼엘에게 물었다. "이집트 미라 놀이기구는 어떻게 생겼어요?"

"앞에 미라가 있는 거대한 피라미드야."

"찾기 쉽겠네요!" 오브와 나는 자전거에 올라탔다. 오브가 핸들 위에 앉았고, 나는 최대한 빨리 페달을 밟았다.

거대한 피라미드로 달려가는 도중에 오브가 물었다. "놀이기구가 닫혀 있으면 어쩌지?"

나는 대답할 수 없었다. 겨드랑이에 태블릿을 끼고, 양손으로 자전거 핸들을 잡고 있었으니까. 그렇지만 '미라의 무덤'에 도착하자, 입구에 유니폼을 입은 남자가 서 있었다. 그가 쓴 모자에는 '경비'라는 글자가 적혀 있었다.

남자가 나를 노려보며 소리쳤다.

"이렇게 이른 시간에 여기서 뭐 해? 부모님은 어디 계시니?"

나는 태블릿을 들어 올렸다. "저 안에 들어가야 해요! 경찰 업무예요!"

"경찰 업무? 지금 경찰이 해야 할 업무가 있다면, 너를 붙잡는 것뿐이야. 놀이공원에 입장료도 안 내고 몰래 들어왔으니까."

"법을 어긴 게 아니에요! 저는 주베 형사 부관이에요! 팡타그뤼엘 왕자님이 저를 들여보내 줬어요. 왕자님도 곧 도착할 거예요!"

"팡타그뤼엘? 그런 이름은 처음 듣는다. 경비 사무소로 따라와. 경찰에 연락해서 너를 집으로 돌려보내야겠다."

"경찰이 찾고 있는 사람이 '미라의 무덤' 안에 있어요! 빨리 찾아야 해요! 협조하세요!"

경비원이 몹시 화를 내며 말했다. "감히 나한테 명령을 해?"

오브가 나한테 속삭였다. "좋은 생각이 났어. 저기, 관 모양의 탈것이 보이지? 그 옆에 커다란 조종판이랑 커다란 빨간 버튼도 보이지? 내가 셋을 세면, 자전거에서 뛰어나가자. 저 관을 타고 빨간 버튼을 누르면, 피라미드 안으로 들어갈 수 있어. 알았지?"

경비원이 나를 노려보고 있어서 나는 태블릿에 뭘 쓸 수도 없었다. 그래서 나는 오브한테 알았다고 고개를 끄덕였다. 내 고갯짓을 본 남자는 더 화를 냈다.

"지금 나한테 고개를 끄덕인 거야? 똑바로 대답 안 해?"

좋은 아이디어가 떠올랐다. 나는 태블릿에 적었다.

"아저씨 뒤에 미라가 걸어가요!"

"뭐?" 그가 고개를 돌렸다. 바로 그때 오브가 소리쳤다. "하나, 둘, 셋!" 나는 자전거에서 뛰쳐나갔다.

우리는 모래색 관에 올라탔다. 내가 손을 뻗어서 출발 버튼을 눌렀다. 킥킥대는 소리와 비명이 크게 울려 퍼졌다. 거대한 문이 열리고, 우리가 탄 관이 앞으로 휙 출발했다! 경비원은 어리둥절 보다가 우리에게 소리를 질렀다.

순식간에 우리는 안개가 자욱한 곳에 와 있었다. 관은 흔들대면

서 앞으로 가다가, 어둠 속으로 쑥 내려갔다. 사방에 미라와 해골 들이 있었다. 나는 오브가 비명을 지를 줄 알았다. **참깨 세상에는 무서운 게 전혀 없으니까.** 그렇지만 오브는 눈을 동그랗게 뜨고 앞을 바라보고 있었다. 아주 어두운 터널을 쏜살같이 내려가는 사이에, 파라오와 박쥐와 유령 들이 우리에게 달려들었다. 그러다가 아래로 푹 떨어졌는데, 그 방은 벽 사방에 온통 숫자들이 있었다!

"봐!" 정신없이 시끄러운 소리가 가득했지만 그걸 뚫고 들릴 만큼 큰 목소리로 오브가 외쳤다. 그렇다, 나도 봤다. 숫자가 가득한 방 한구석에서 손전등 불빛이 보였다. 아주 작은 불빛은 아래를 향하고 있었다.

나는 소리치고 싶었다. '루시 언니!'

우리가 탄 관은 앞으로 휙 나아갔다. 루시 언니를 놓쳤다. 갑자기 끽— 소리가 나면서 관이 탁 멈췄다. 누가 전기를 끊은 것이다! 당장 나오라고 소리치는 목소리가 멀리서 아득하게 들렸다. 이제 혼쭐날 줄 알라고, 경찰이 오고 있다고, 감옥에 가게 될 거라고!

오브가 말했다. "내려서 걸어가자."

나는 태블릿에 글을 써서 오브한테 보였다.

"선로를 따라 되돌아가면 숫자 방이 나올 거야!"

경비원들이 우리를 찾고 있었다. 놀이기구 입구의 큰 문을 활짝 열고, 길고 어두운 터널을 따라 손전등 불빛을 비추며 들어왔다.

목소리와 불빛들이 점점 우리 쪽으로 다가왔다. 오브와 나는 달리기 시작했다. 숫자 방에 가까워지면서, 중얼거리는 작은 목소리가 들렸다. 그 방에 다다르자, 목소리가 점점 확실하게 들렸다. 지치고 겁먹은, 조용한 목소리였다. 그래도 분명히 들을 수 있었다.

"삼각형의 면적은 $\frac{1}{2}bh$…… 부등변 사각형의 면적은 $\frac{1}{2}(b_1+b_2)h$…… 정육면체의 부피는 $s \times s \times s$…… s는 한 면의 길이이고……."

루시 언니!

오브와 나는 루시 언니에게 달려갔다. 루시 언니는 구석에 웅크려 앉아 있었다. 아주 지치고 겁먹은 모습이었다. 숫자가 가득 적힌 작은 수첩을 손전등 불빛으로 비추고 있었다. 루시 언니가 우리 발소리를 듣고는 벌떡 일어났다.

루시 언니는 두려움에 울면서 말했다. "엄마! 엄마! 때리지 마세요. 멍청이라고 하지 마세요……."

그러다가 앞에 있는 사람이 나인 걸 알았다.

루시 언니가 자그맣게 말했다. "오로르!"

내가 적었다. "나야!"

"나를 찾아냈구나!"

"내가 찾아냈어!"

루시 언니는 내 어깨에 얼굴을 묻고 울기 시작했다. 내가 언니를 다독일 때, 사람들 목소리가 바로 옆까지 다가왔다. 갑자기 우리는

수많은 손전등 불빛 세례를 받게 됐다. 그리고 경비원이 성난 목소리로 나한테 소리쳤다.

"이제 혼쭐날 줄 알아!"

루시 언니가 나한테 안긴 채 바들바들 떨었다. 나는 언니를 꽉 안았다.

또 다른 목소리가 들렸다. "혼쭐날 일은 전혀 없습니다."

주베 형사!

주베 형사가 다가와서, 루시 언니의 어깨에 다정하게 손을 얹었다.

주베 형사가 말했다. "네가 루시겠구나."

루시 언니는 고개를 계속 끄덕였다. 주베 형사가 나를 보며 미소를 지었다.

"오로르, 첫 사건을 해결했구나!"

나는 '이제 시작일 뿐이죠!' 라는 말을 적고 싶었지만 루시 언니가 계속 울고 있었다. 친구가 울 때에는 계속 친구를 안아 줘야 한다.

루시 언니를 찾고 보름이 지났다. 조지안느 선생님은 우리 집에서, 우리 엄마 앞에서 최고로 멋진 소식을 전했다.

　"오로르, 다음 학기부터 일반 학교에 가게 됐어!"

　나는 신났을 때 깡충깡충 뛰는 사람이 아니다. 그렇지만 나는 정말로 깡충깡충 뛰었다! 진짜 학교! 내 또래 아이들이랑 어울려 지낼 수 있어! 친구를 사귈 수 있어! 더 좋은 건, 지금 언니가 다니는 바로 그 학교에 간다는 거다. 처음 1년은 조지안느 선생님이 항상 나랑 같이 다니기로 했다. 그 새로운 세상에서 내가 제대로 생활할 수 있게 '그림자'가 되어서 도와준다고.

　엄마랑 아빠도 무척 기뻐했다. 나를 아주 자랑스러워했다. 언니도 기뻐하면서 말했다. "항상 너를 도와주겠지만, 그렇다고 작은 문제가 생길 때마다 매번 나한테 달려와서 도와달라고 하면 안 돼."

내가 적었다. "나는 문제 생길 일이 없어."

언니가 말했다. "진짜 학교에 다니면, 너한테도 문제가 생길 거야."

조지안느 선생님이 말했다. '일반 교육 환경'에 '적응'하는 게 나한 테는 정말 힘들 거라고. 그래도 자기가 항상 옆에 있을 테고, 내가 잘 해낼 거라고 믿는다고. '적응'이라는 말은 처음 듣는 단어였다!

"친구가 생기면 정말 좋겠어요." 나는 '이곳 **힘든 세상**에서도' 라는 말은 적지 않았다. 그런 말을 적으면, **참깨 세상**에 대해 설명해야 할 테니까. **참깨 세상**은 아무도 모르게 나 혼자 간직할 비밀이다.

선생님이 말했다. "당연히 친구들도 생기지. 나도 학교에서 너 무 딱 달라붙어 있지 않을게. 그래야 오로르가 친구들을 사귈 수 있겠지."

학교에서 견학하러 오라고 했다. 내가 엄마와 아빠, 조지안느 선생님과 같이 가도 되냐고 묻자 네 사람이 다 같이 와도 좋다고 했다. 그리고 또 말했다. "특별히 준비한 날이 있으니 그날 오렴. 너도 보면 좋아할 거야. 그리고 우리 학교 학생을 찾아낸 공을 세 웠으니, 교장으로서 오로르를 특별히 맞이하고 싶단다."

내가 엄마, 아빠, 조지안느 선생님과 함께 나타나자 교장 선생 님은 학교 곳곳을 보여 주었다. 그러고 나서 내가 다닐 교실이 어 디인지 손가락으로 가리켰다. 그리고 카마일라르 선생님을 소개 해 줬다. 내 담임 선생님이 될 거라고 했다. 아주 좋은 사람 같았다.

카마일라르 선생님은 내가 루시를 찾아낸 이야기를 다 들었다며, 학교 친구들이 나를 질투할지도 모른다고 덧붙였다.

내가 적었다. "걱정하지 마세요. 저는 그런 일로 자랑하지 않아요."

"나도 그렇게 믿는단다. 그렇지만 네 대화 방식 때문에 처음에는 남다르게 보일 수도 있어. 미리 마음의 준비를 하는 게……."

"괴롭힘을 당하지는 않을 거예요! 잘 어울려 지내기 위해 최선을 다할 거예요. 다른 애들과 말하는 방법은 다르지만."

조지안느 선생님이 말했다. "아직은 남들과 다르게 말하고 있지만, 같은 방식으로 말하게 될 수도 있어요."

나는 그냥 고개를 갸웃했다. 조지안느 선생님은 내가 남들처럼 말할 수 있기를 바라지만, 아무리 말하려 애써도 내 입에서는 아무 소리도 나오지 않았다. 그런 신비한 능력은 아직 내 것이 아니다. 아빠는 팔로 나를 감싸면서 두 선생님에게 말했다.

"오로르는 놀라운 아이죠. 말을 하게 되는 시기도 오로르 스스로가 잘 알 겁니다."

엄마가 말했다. "맞아요. 오로르는 이미 아주 많은 걸 해냈어요. 아이 아빠도 저도 오로르가 말 때문에 너무 부담을 갖는 건 바라지 않아요. 대화는 태블릿으로도 아주 잘 나누고 있어요."

엄마와 아빠가 의견을 같이했다. 그것도 나를 두고!

교장 선생님이 말했다.

엄마와 아빠가 외출을 같이했다. 그것도 나를 두고!

"오로르는 틀림없이 학교생활도 잘할 거야. 조지안느 선생님이 옆에서 도울 테고. 자, 이제 5분 뒤면 전교생이 다 모인단다. 곧 아주 재미있는 일이 벌어질 테니까 기대해도 좋아."

강당에 학생들이 가득했다. 전교생이 다 모였다. 교장 선생님이 연단으로 올라갔다. 옆에 루시 언니도 있었다! 학생들이 박수를 치기 시작했다. 루시 언니가 처음에는 몹시 수줍어하다가 박수 소리에 미소를 지었다. 교장 선생님이 박수를 멈추게 하는 사이에 에밀리 언니가 강당을 훑어보다가 우리를 발견하고 손을 흔들었다. 에밀리 언니는 담임 선생님에게 허락을 구하고는 우리 쪽으로 달려와서 엄마랑 아빠랑 조지안느 선생님이랑 나를 얼싸안았다. 우리는 예전처럼 모두 하나가 되어 뒤쪽에 앉았다. (언니는 조지안느 선생님까지 팔로 감쌌다. 이제 우리 모두가 선생님을 가족으로 여기고 있다는 걸 선생님도 알았을 것이다.) 교장 선생님은 지금부터 학생 몇 명이 나와서 전교생 앞에서 발표할 거라고 말했다. 도로테와 잔혹이들이 연단으로 올라갔다.

나는 눈이 휘둥그레졌다. 반기는 박수 소리는 전혀 없었다. 대신 여기저기 웅성거리는 소리만 들렸다. 그 아이들을 좋아하는 사람은 전혀 없고, 많은 아이들이 아주 오랫동안 두려워했단 게 드러났다. 강당은 조용해졌다.

겁먹은 듯한 도로테는 쪽지를 꺼내서 읽기 시작했다. 다른 사람을 괴롭히는 게 왜 나쁜지, 남한테 해를 끼치는 게 왜 아주 못된 일인지 말하고, 다른 사람을 괴롭히는 사람은 자신도 그만큼 겁먹고 있으며 자신의 두려움을 숨기려고 다른 사람을 괴롭힐 때가 많다고 말했다. 도로테 자신은 이제 루시를 비롯한 여러 학생들한테 저지른 잘못을 깨닫고 모두에게 사과하고 싶다고 말했다. 특히 루시에게 사과하고 싶다고.

잔혹이들 하나하나가 차례로 전교생 앞에서 사과했다. 마지막에는 박수가 터졌다. 루시 언니가 아주 오랫동안 자신을 괴롭힌 도로테와 아이들을 포용하자, 박수갈채가 쏟아졌다.

그런 뒤에 루시 언니는 자기를 함부로 대한 사람들 앞에서 할 수 있는 최고의 일을 했다. 자기가 얼마나 똑똑한지 보여 준 것이다! 루시 언니는 칠판 앞으로 갔다. 그리고 세상을 바꾼 공식 이야기를 들려주었다.

$$F = G \frac{m_1 \times m_2}{r_2}$$

루시 언니가 말했다. "이 공식으로 유명한 수학자 뉴턴은 중력의 법칙을 설명했어요. 우리가 사는 지구는 우주의 중심이 아니라는 걸요. 갈릴레오라는 유명한 천문학자가 주장한 '지구는 태양 주위를 도는 여러 행성 중 하나'라는 말이 옳다는 걸 설명했죠. 우리 대부분은 우리가 모든 것의 중심이라고 생각하지만, 아주 거대한 우주에서 우리는 아주아주 작은 입자에 불과하다는 것도요."

전교생 모임이 끝난 뒤 언니는 교실로 돌아가고, 조지안느 선생님은 치과 예약이 있어서 치과로 가야 했다. 선생님은 치과에 가기 싫어했지만(선생님이 그랬다. "치과를 좋아하는 사람이 어디 있어?") 가지 않을 수 없었다. 그래서 엄마와 아빠가 나를 데리고 점심을 먹으러 갔다! 우리는 내가 좋아하는 카페에 갔다. 나는 크로크무슈와 감자튀김을 주문했다. 감자튀김은 내가 좋아하는 음식이지만, 몸에 아주 좋은 음식이라고 할 수는 없어서 자주 먹지는 않는다. 그래도 오늘은 축하할 게 아주 많은 날이니까!

아빠가 말했다. "오로르가 루시를 찾아냈고, 오로르가 새 학교를 다니게 됐고, 루시가 못된 애들을 용서했고……."

엄마가 끼어들었다.

"그리고 루시 엄마는 분노 조절 장애 치료를 받고 있고, 루시한테 앞으로 정말 다정한 엄마가 되겠다고 말했대."

아빠가 말했다. "그것도 대단한 변화네. 그 얘기는 어디서 들었어?"

엄마가 말했다. "좁은 세상이잖아."

아빠가 말했다. "나도 좋은 소식이 있어."

내가 적었다. "어서 들려줘!"

"내 소설을 영화로 만들겠다는 사람이 있어서 돈이 생겼어."

"정말 멋지다! 나도 출연할 수 있어?"

"그건…… 아빠가 알아볼게. 그렇지만 사실, 시드니라는 제작자는 항상 통화 중이고 계속 말만 해. 영화라는 건 이렇고, 영화 일은 이렇게 진행돼, 영화는 어쩌고저쩌고. 아마 실제로 일이 이루어지는 건 아무것도…….."

"아빠, 우울한 말은 그만!"

"뭐, 괜찮아. 영화가 만들어지는지 아닌지를 떠나서, 저작권료로 받은 돈은 변함없으니까. 지금 사는 동네에서 더 넓은 아파트로 이사할 수 있게 됐어. 클로에도 새 프로젝트를 맡아서 방 세 개짜리 아파트를 구할 수 있어. 이제 오로르랑 에밀리가 오면 각자 자기 방에서 잘 수 있는 거야!"

엄마가 말했다. "이제 클로에도 정말 원하던 아기를 가질 수 있겠네!"

엄마가 말하자마자 나는 엄마의 눈에서 생각을 읽었다.

'바보, 바보, 바보! 왜 이렇게 한심한 말을 할까.'

하지만 아빠는 엄마의 손을 도닥이며 말했다.

"앞날을 누가 알겠어? 중요한 건, 사람들이 이혼을 어떻게 보더라도, 우리는 우리 애들 덕분에 이렇게 늘 함께한다는 거야."

아빠가 말하는 동안 나는 나도 모르게 생각했다.

'아빠랑 클로에랑 아기를 가져도 좋아. 나 같은 딸만 아니면! 아

빠의 공주님은 영원히 나여야 하니까!'

다행히 아빠는 내 생각을 읽을 수 없다! 어쨌든 아빠가 엄마 손을 꼭 쥐며 말하는 걸 보면서 나는 기뻤다.

"우리, 아직 친구지? 그렇지?"

엄마는 고개를 숙이고 눈물을 참으려 애쓰며 말했다.

"그럼, 우리는 친구지."

친구. 그날 밤, 우리 집에 피에르가 엄마를 만나러 와서 나랑 이야기를 나눴다. 피에르는 내 이야기에 관심을 보이려고 애썼다. 그리고 멋진 엄마가 있어서 정말 좋겠다고 계속 말했다. 피에르와 할 이야기가 다 떨어지고(내가 누구 앞에서 할 말이 떨어지는 경우는 거의 없는데!) 방으로 가려고 할 때, 엄마가 피에르에게 진지하게 할 말이 있다고 했다. 엄마는 이제 이런 관계를 계속할 수 없다고 했다. 지금부터 그냥 친구 사이로 지내고 싶다고. 피에르는 아주 슬픈 목소리로 엄마 없는 생활은 상상할 수도 없다고 말했다. 나는 방문을 닫고 **참깨 세상**으로 갈 때라고 생각했다.

테아트르 거리는 아름다운 초저녁이었다! 오브와 함께 2인용 자전거를 타고 아주 맛있는 피스타치오 아이스크림을 파는 가게로 갔다. 그리고 공원 벤치에 앉아서 이야기를 나눴다. 오브가 루시 찾는 걸 도와주고 **참깨 세상**으로 돌아간 뒤로, 처음 만난 거였다. 그래서 서로에게 들려줄 이야기가 아주 많았다. 내가 이제 학교에 다닐 거라고 말하자, 오브는 아주 기뻐하면서도 걱정했다. 오브가 뭘 걱정하는 건 처음 있는 일이었다. 오브는 내가 **힘든 세상**에서 친구들을 사귀면, 자기를 찾아오는 일이 없어지지 않을까 하고 걱정했다.

나는 오브를 껴안으며 말했다. "우리는 영원히 친구야. 그리고 나는 언제라도 참깨 세상에 놀러 오고 싶을 거야. 여기는 모두가 다정하고 언제나 색이 밝아."

오브가 말했다. "나는 힘든 세상에서 절대 못 살아. 거기는 잿빛일 때가 너무 많아."

내가 말했다. "그렇지만 잿빛인 데에는 좋은 점도 있어. 잿빛인 날이 많기 때문에 푸르른 날을 더 아름답게 느낄 수 있어. 밝고 행복한 날만 계속될 수는 없어. 잿빛도 삶의 일부야."

"그래서 오로르는 참깨 세상에 오는 걸 좋아하지! 잿빛은 없으니까!"

"그래, 맞아. 그렇지만 힘든 세상에는 잿빛이 있어서, 사람들한테 문제가 있어서, 내가 중요한 일을 할 수 있어!"


며칠 뒤에 태블릿으로 메시지가 왔다. 주베 형사였다. 주베 형

사가 자신이 일하는 경찰서로 오라고 했다.

부탁할 게 있어. 중요한 일이야! 내 동료들도 만나 볼래? 모두가 오로르와 친해지고 싶을 거야.

엄마와 아빠가 같이 가겠다고 했다. 조지안느 선생님도 같이 가겠다고 했다. 나는 선생님에게 부탁했다. 경찰서까지 나를 데려다주고, 내가 주베 형사와 이야기하는 동안 근처에서 기다려 달라고 했다.

"끝나면 메시지를 보낼게요."

그래서 그날 조지안느 선생님과 수업을 마친 뒤 우리는 경찰서 앞으로 갔다. 선생님은 나를 꼭 안아 준 뒤, 경찰이 내가 하고 싶지 않은 일을 부탁하면 거절해도 된다고, 관심이 없는 일은 하지 않는 게 내 권리라고 말했다.

"걱정하지 마세요. 저는 다른 사람한테 끌려다니지 않아요!"

선생님이 말했다. "그건 나도 아주 잘 알지!"

경찰서로 들어가자 주베 형사가 환하게 웃으며 나를 반겼다.

"이렇게 와 줘서 정말 기쁘다, 오로르." 주베 형사는 나를 회의실로 데려갔다. 커다란 탁자 주위로 동료 형사 다섯 명이 앉아 있었다. 여자 셋, 남자 둘.

저는 다른 사람한테 끌려다니지 않아요!

"오로르, 여기 모인 사람들은 모두가 최고의 형사야. 너의 신비한 능력에 대해서는 이미 다 말해 뒀어. 그런데 내 말을 안 믿네! 네가 저 사람들의 생각을 하나하나 말하면 다들 믿을 거야."

나는 형사들을 한 명씩 살펴봤다. 그리고 한 명씩 가리키면서 태블릿에 각자의 생각을 적었다.

"어린애 생일 파티에서나 하는 마술 쇼 같은 걸 하다니. 지루해……."

그리고

"주베 선배가 지난번에 회의를 소집했을 때에는 몇 시간이나 계속됐는데, 이번에는 그러지 않으면 좋겠네."

그리고

"내가 애들을 학교에서 데려오는 일을 또 빼먹으면 금요일 밤 탱고 강습에 못 가게 하겠다니. 마르크는 나를 어린애 취급해. 이젠 정말 질려."

그리고

"그쯤 하면 될 것 같네요!"

마지막 말은 생각이 아니라, 어느 형사의 목소리였다. 내가 탱고 강습 일을 밝히자 그 형사가 크게 말했다.

내가 적었다. "지어낸 얘기가 아니에요!"

주베 형사가 말했다. "그건 모두가 알고 있단다. 여기 있는 모두가 같은 생각일 텐데……."

다른 형사가 말했다. "정말 대단하네요."

여기 모인 사람들은 모두가 최고의 형사야.

좋은 일을 하는 거라면 기꺼이 돕겠어요.

또 다른 형사가 말했다. "놀라워요!"

주베 형사가 말했다. "그리고 우리한테 정말 도움이 될 사람이지. 오로르 네가 우리랑 같이 일할 마음이 있다면."

나는 주베 형사의 말을 잠시 생각한 뒤에 적었다.

"좋은 일을 하는 거라면 기꺼이 돕겠어요."

"좋은 일을 많이 하게 될 거야."

"모험도 많이 하나요?"

"경찰은 사람들이 빚은 혼란을 다룬단다. 그리고 사람들이 빚는 혼란은 늘 모험이지."

"그건 저도 확실히 깨달았어요! 루시 언니를 찾아다니면서 알게 됐죠. 그렇지만 걱정이 있어요. 여기 계신 분들이랑 조지안느 선생님을 빼고, 저의 신비한 능력을 아는 사람은 아무도 없어요. 그러니까 그건 우리만 아는 비밀로 할 수 있을까요?"

"그건 약속하마. 우리 동료들 모두가 약속할 거야."

모두가 고개를 끄덕였다. 마지막 질문이 남았다.

"저는 부관으로 일하나요?"

"오로르, 너는 늘 내 부관이야. 자, 중요한 게 또 있어. 여기서 우리가 너한테 맡기는 일, 우리와 함께 해결하는 사건은 반드시 비밀로 해야 해."

"제 신비한 능력처럼 비밀이에요!"

사람들이 빚는 혼란은 늘 모험이지.

어떤 일이 벌어질지 모르니까

모험이죠!

"바로 그거야!"

나는 더없이 환하게 웃었다. 탁자를 돌면서 한 사람씩 악수를 나눴다. 그리고 주베 형사한테 말했다.

"언제라도 일할 준비가 됐어요!"

주베 형사가 말했다. "중요한 사건이 생기면 곧장 너를 부를게."

집으로 돌아가는 길에 조지안느 선생님은 내가 평소보다 즐거워 보인다며 경찰서에 간 일이 잘되었나 보다고 말했다.

나는 그냥 고개만 끄덕였다. 그래도 선생님은 주베 형사가 나한테 부탁한 게 정확히 뭔지 자꾸만 물어봤다. 그래서 대답할 수밖에 없었다.

"경찰 일이에요. 특급 비밀이에요!"

"재밌겠네!"

"나는 오로르니까요! 내가 하는 일은 뭐든 재밌어요. 내가 하는 일은 뭐든 모험이죠!"

"그래서 다음은?"

"또 오로르의 멋진 모험!"

"무슨 사건인데?"

"전혀 몰라요. 어떤 일이 벌어질지 모르니까 모험이죠!"

끝

(그리고 계속······)

# 오로르에 대하여

더글라스 케네디

아이들은 문제 많은 어른 세계를 어떻게 볼까? 여기에 대해 뮤지컬 천재, 스티븐 손드하임이 쓴 가사가 있다.

말할 때 조심해
애들이 들어
행동을 조심해
애들이 봐
그리고 배워

사실, 나는 몹시 불화가 심한 부모 밑에서 자라며 일찍부터 어른 세계의 문제들을 보아 왔다. 그리고 내가 힘든 이혼을 하는 동안 내 소중한 두 아이는 가족이라는 꿈이 깨어지는 상황을 겪어야 했다. 이제 내 두 아이는 성인기에 접어들었고, 내가 수십 년 전에 그랬듯 그 아이들도 자기 부모보다 훨씬 큰 분별력을 갖췄다.

그래서일까…….

지금 독자들 손에 들려 있는 이 책에 대해 생각하기 시작했을 때, 내가 어디든 가지고 다니는 작업 수첩에 이렇게 적었다.

'다른 사람들의 문제를 다 들여다볼 수 있는 아이. 그러면서 자신은 슬픔이나 아픔이 없다고 생각하는 아이. 그리고 다른 사람을 돕는 게 자기 의무라고 생각하는 아이.'


《마음을 읽는 아이 오로르》를 처음 구상한 것은 1년 반 전이다. 내 친구 스테판 라이저가 점심을 함께하며 어린이를 위한, 그리고 자폐증이라고 알려진 발달 장애를 다루는 책을 쓸 생각이 없는지 물었다.

나에게 소설가로서 자폐증 문제를 다뤄보지 않겠냐고 물어본 사람은 이전에도 있었다. 친구들도, 동료들도 나에게 그런 질문을 했다. 물론 그것은 내 아들 맥스가 자폐증 스펙트럼 안에 있으며, 다섯 살 때 이후에 더 나아질 가망이 없다는 진단을 받았기 때문이다. 맥스의 인지 능력 가능성을 테스트한 '전문가' 두 명은 맥스가 독립적이고 지적인 삶을 살아갈 가능성이 전혀 없다고 말했다. 이제 스물여섯이 된 맥스는 런던대학교에서 석사 학위를 받았고, 외부의 도움 없이 혼자 살아가며, 공연 사진가로 활동을 시작했다. 그리고 내가 아는 사람들 중에 가장 교양 있는 사람이다. 이것은 이른바 '전문가'라는 사람의 말을 그대로 믿으면 안 된다는 좋은 예다. 그리고 심한 장애를 초월하려는 맥스의 엄청난 의지를 보여주는 예이기도 하다.

그러나 오로르를 생각하기 시작할 때, 자폐증으로 규정되는 인물을 만들고 싶지는 않았다. 자신에게 장애가 있다는 생각을 전혀 하지 않고, 자신의 자폐증을 멋지게 활용할 줄 아는 인물을 만들고 싶었다. 더 쉽게 말하면, 일상의 현실에 바탕을 두고 있지만 판타지 같은 이야기를 만들고 싶었다.

오로르는 마법을 쓸 줄 안다. 다른 사람의 눈을 통해 생각을 읽을 줄 안다. 입으로 말하지는 않지만, 태블릿으로 의사소통을 한다. 자신을 평범한 열한 살짜리 아이라고 여기며, 자신과 친한 사람들의 문제를 아주 잘 알고 있다. 부모는 힘들게 이혼한 뒤에 아직도 남은 문제들과 마주하고 있다. 언니인 에밀리는 학교에서 집단 괴롭힘을 당하고 있으며 특별한 보살핌이 필요한 동생에게 사람들의 관심이 쏠려 있는 것이 못마땅하다. 에밀리의 친구인 루시는 수학 신동이지만 그 뛰어난 실력과 체중 때문에 끝없이 괴롭힘을 당한다.

오로르의 주변 사람들은 모두 슬픔을 갖고 있지만 오로르는 전혀 슬퍼하지 않는다. 하지만 자신의 세상에서 탈출할 필요는 있었다. 모두가 서로를 다정하게 대하는 곳, 부모가 아직 함께인 곳, 오로르 자신도 다른 사람들처럼 입으로 말할 수 있는 곳, 현실에서 오로르가 남몰래 몹시 바라는 한 가지 '친구'도 있는 곳으로.

오로르의 목소리를 찾아내는 것이 이야기에서 가장 중요한 요소였다. 나는 현명하면서도 순수한 열한 살짜리 아이의 마음으로 들어가야 했다. 정도 많고, 옳고 그름에 대한 윤리 의식도 투철한 아이. 그러면서도 호기심 많고, 재미있는 것도 아주 좋아하는 아이. 또한 여덟에서 열세 살 사이의 어린이들이 몰입해서 읽는 책인 동시에 어른들도 진심으로 감동할 수 있는 책이 되기를 바랐다. 내 글에 특별한 생명을 불어넣을 그림을 그릴 일러스트레이터로는 처음부터 조안 스파르를 염두에 두었다. 오늘날 활동하는 가장 뛰어난 미술가로 손꼽을 수 있는 조안 스파르와 함께 작업하고 싶었다.

처음부터 우리는 서로를 존중하고 서로의 창의력을 믿었다. 우리 동네에 있는 카페에서 처음 만나서 오로르 이야기의 윤곽을 들려주기 시작하자, 조안은 내가 말하는 사이에 즉시 그림을 그리기 시작했다. 그리고 우리는 이야기에 대해 서로 의견을 나누었다. 나는 몇 달 동안 집필에 열중했다. 다른 사람들에게 보여 줄 만큼 다듬어진 초고가 나왔을 때, 나는 맨 먼저 조안에게 원고를 보냈다. 곧 정말 마음에 드는 글이라는 이메일이 왔다. 몇 주 뒤, 오로르 일러스트레이션을 받았다. 이야기를 천재적으로 시각화한 조안의 그림에 나는 쓰러지고 말았다는 표현으로는 부족하다. 내가 조안에게 보낸 편지에 적은 것처럼 조안은 '마법 같은 일을 해냈다'.

나와 조안은 오로르를 통해 가족, 관계의 복잡성, '힘든 세상'에서 필요한 연민과 관용과 이해, 그리고 세상을 남다르게 인지하는 사람들의 특성 등에 관한 아주 현대적인 이야기를 만들었다. 그리고 우리는 오로르를 통해서 우리 시대의 영웅, 누구나 동일시할 수 있는 주인공을 만들었다. 인생의 힘든 굴곡을 점점 더 많이 알아가는 시기와 순수한 시기, 두 시기 사이 어디쯤 있는 아이를 통해 청소년의 문제와 성인의 문제를 모두 보여 준다는 점에서 우리 책이 과감한 시도를 했다고 말할 수 있다. 그리고 오로르에게는 세상사의 혼란이 멋진 모험이 된다.

여러분의 이야기를
들려주세요.

빈 말풍선에 자신의 '다름'을 모두 적어주세요.
혹시 내가 다른 사람과 달라 고민인가요?

오로르의 말처럼 모두가 다른 건 당연해요.
각자가 가진 다름이 우리를 유일한 존재로
반짝이게 해 주니까요.

오로르처럼 자신만의
'참깨 세상'이 있다면
어떤 모습이면 좋겠나요?

여러분만의 참깨 세상에서 오로르와 오브를 만난다면 무엇을 하고 싶나요? 이곳에 자유롭게 표현해 주세요.